读者文摘

READER'S DIGEST

读者 Reader's Digest 文摘

（情感篇）

Qinggan Pian

佳作评选
精华版

成功没有彩排的机会，每一天都要以正式上场的姿态面对。琐碎的光阴，庸常的日子，读一篇读者文摘，为疲倦的身心注入新的活力。

《读者文摘》好运将一路相随！

打开柔软的心，学会付出和关爱，点燃人性中最灿烂的光芒。

桃花痴痴笑

Taohua Chichixiao

曹 秀／著

中央编译出版社
Central Compilation & Translation Press

图书在版编目(CIP)数据

桃花痴痴笑 / 曹秀著. -- 北京 : 中央编译出版社,
2014.2

(读者文摘)

ISBN 978-7-5117-1907-2

Ⅰ. ①桃… Ⅱ. ①曹… Ⅲ. ①散文集-中国-当代
Ⅳ. ①I267

中国版本图书馆 CIP 数据核字(2013)第 274909 号

桃花痴痴笑

出 版 人 刘明清
排版制作 腾飞文化
责任编辑 邓永标 余海伦
责任印制 尹 珺
出版发行 中央编译出版社
地 址 北京西城区车公庄大街乙 5 号鸿儒大厦 B 座(100044)
电 话 (010)52612345(总编室) (010)52612371(编辑部)
(010)66161011(团购部) (010)52612332(网络销售部)
(010)66130345(发行部) (010)66509618(读者服务部)
网 址 www.cctphome.com
经 销 全国新华书店
印 刷 北京盛兰兄弟印刷装订有限公司
开 本 710×1000 毫米 1/16
字 数 180 千字
印 张 14
版 次 2014 年 2 月第 1 版第 1 次
定 价 28.00 元

本社常年法律顾问:北京市吴栾赵阎律师事务所律师 闫军 梁勤
凡有印刷质量问题,本社负责调换。电话:(010)66509618

目录
Contents

第一辑 成功门靠自己开

目录

Contents

目录
Contents

目录

Contents

目录

Contents

目录

Contents

第一辑

成功门靠自己开

有人以为靠钱财帮助，靠权力帮助，才能得到一切，得到想要的，其实这是误解。靠谁都只能靠一阵，并不能靠长久，只有靠自己才能打开成功的大门。

关于秋天的文化

我也有梦想，希望自己有一个好工作，有一个适用自己写作的环境，可是努力了多少年，付出数不清的汗水，结果仍旧没办法实现，梦想与现实脱节，然而梦想仍在心中存在。

算起来，我已经写出很多关于秋天的散文了，可是哪一次也没把秋天当成文化，这次例外。坦荡地说，中国的秋天是红色的，从八月初开始到九月末，直到十月，几乎都是在秋天的红色里度过。由此可见，秋天的文化是多么深厚，还需要认真细致地研究。其实有关秋天的文化说大就大，说小就小，说大是指中国秋天的文化，说小是指日常生活中的小事。另一方面，说大是指中国的秋天，比如南方的秋天，北方的秋天，东方的秋天，西方的秋天，中原的秋天，这些构成秋天的文化。而一城一地的秋天更是变化多多，北京的秋天是什么样，深圳特区的秋天又是什么样，那些数不清得乡村的秋天又是什么样，真的是眼花缭乱，真的是五彩缤纷，真的是让人无边无际地想象，无穷无尽地思索。就在这样的文化背景下，我写出一些有关秋天文化的散文，算是研究吧。

秋天的文化有时又是一种梦想，而不让梦想离开又是当务之急，有一句广告词，渴望就是力量，希望就是明天。实际上这句话的意思就是拥有梦想，别让梦想离开。作为人存在这个世界上，有的人有钱财，有的人有权力，可是有的人什么也没有，仍旧活在这个世界上。是世界不公平吗？为什么有的人生下来就拥有钱财，有的人生下来就是贫穷，是世界不公平吗？不是，人有选择前程的时刻，没有选择家庭的身份，父母把孩子生在哪里由他们选择，谁也不可能挑选。其实，生在哪里并不重要，关键是如何面对以后，面对未来，这才是人世间最关键的事。别让梦想离开，实际上就是别让自己没有梦想，没有梦想就没有目标，没有目标的人生活水平能提高吗？人世间最大的问题就是生存。有钱财可以生存，没有钱财也是可以生存的。有钱财的人生存可能要比贫穷的人生活好一点，可是他们未必就比贫穷的人生活快乐，因此，钱财不是万能的，权力也不是万能的，关键还是生存的质量。贫穷的人总是希望自己有钱，没权的人总是想方设法弄权，可是富人呢，他们随时随地都在寻找欢乐，寻找愉快。有钱能找到愉快吗？有钱能找到爱情吗？那些有名的有爱情吗？那些有钱财的有爱情吗？那些权力高高在上的人有快乐吗？没有，只有梦想是真的，只有梦想伴随人留在世界上。梦想是什么？为什么要有梦想？其实梦想就是生活，就是生存得愉快。一个人有没有梦想就看他有没有目标，有目标的人就会拥有梦想，拥有梦想的人就会拥有目标，这是伟大人物与普通百姓的区别。

不要看不起自己，看不起自己是因为自己没有梦想，没有梦想的人总是想方设法躲避什么。有梦想不是有野心，梦想与野心不一样，梦想是自己的希望，野心是自己的欲望，希望与欲望不同，野心与梦想也不一样。在我们的周围，经常听见各式各样的冷嘲热讽，他们自己不想帮助人，也不让其他人帮助人，由此可见个别人心安理得，并不认为自己做错了什么。实际上不论是哪个层次的人都有理想，都有梦想，他们希望自己的生活水平提高一点，工作愉快一点，这都没错。关键是如何提高，如何愉快，如何在搞活经济中努力争取属于自己的那些。我也有梦想，希望自己有一个好工作，有一个适用于自己写作的环境，可是努力了多少年，付出数不清的汗水，结果仍旧没办法实现，梦想与现实脱节，然而梦想仍在心中存在。有时我在想，是我不努力吗？是我没有梦想吗？现在我想通了，不是我没有努力，也不是我没有梦想，也许是我的梦想过高吧。

曾几何时，面对那些年纪轻轻就有一个好工作的人，面对那些年纪轻轻就拥有一定权力的人，我真的无语，为什么他们的梦想能实现，而我不能实现。其实不然，是我们对梦想理解不深，是我们没有及时把握梦想，造成脱节。如果每一个人都有属于自己的成功方式，什么样的梦想不能实现，什么样的生活不能拥有呢？想来，我劝自己，别让梦想离开，有时梦想还需要。

不识庐山真面目，只缘身在此山中。

—— 苏轼

成功门靠自己开

当权力压制你时，当环境对你不利时，当社会抛弃你时，当所有利益都没有你的份时，此时此刻你该怎么办，是寻找靠山，还是继续努力。

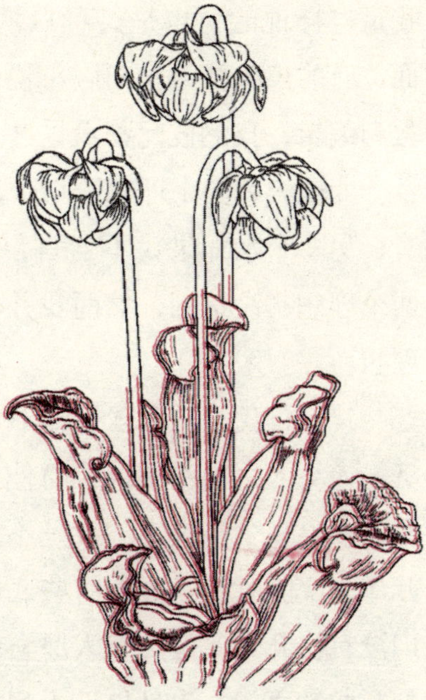

现在很多人都有病，尤其是红眼病，看见他人有钱他不高兴，看见他人被提拔他也不高兴，好像这个世界上只有他被人抛弃。实际情况并非如此，成功的大门要靠自己才能打开，靠谁也是不可能的。

为什么不能自己打开成功的大门？原因是各式各样，最主要的就是自己努力不够，付出不够，而且还冷嘲热讽已经成功的人。在他们看来，世界上只有他们才能成功，只有他们才能得到名利，只有他们才能被提拔。其实他们错了，世界不是他们的，即使他们掌握一定财富、一定权力，归根到底他们也是被治理的人。

在社会上，成功似乎与人的名气有关系，与钱财有关系，与权力更有关系，如同广告牌上说的一样——位置决定影响。实际上在社会实践中拥有财富的人并不一定要有名，但拥有权力的人肯定有名，这就是位置决定影响，决定人的名气。写作多年我是知道名气对社会的作用，知道名气对一个作家意味着什么，虽然我是一个没有工资的专业作家，但我写出的作品却没有专业与业余区别。我所出版的每一部小说或散文集，都有出版社的认可，都有编辑的认识。换言之，我的成功之门是靠自己打开的，并没有靠任何人，我曾经说过不拉关系不走后门，实际上我是这样说的，也是这样做的。有的编辑跟我交往十几年至今没见过面，有的出版社为我出版小说散文集至今也没见过面，连那些距离近的报刊编辑，我们彼此都没见过。

我这人有两个理想：一个是如果我当官，我要让自己周围的百姓富有；另一个是如果我不当官，就当作家，让百姓心灵富有。现在看来，两个理想都没达到，然而我并没有灰心，仍在努力实践，希望实现两个理想。

其实，我这两个理想都不切实际，改革开放后四面八方都在搞活经济，人与人之间除了谈钱财外几乎不谈其他，而且人与人之间的感情也是以钱财多少来决定。我是不拿工资的作家，写出的作品又不赚钱，因此与人交际时总是显得有些底气不足，看他人扬眉吐气是自己的成功之门没有打开吗？是没有人愿意帮助自己吗？实际上都不是，是自己不想打开成功之门，也是自己不想靠哪个人帮助。中国人自古以来就以权力为重，现代社会更是如此，哪怕一个小小的站柜台的岗位也要靠有权的领导来定局。说来惭愧，我也是如此，说话办事也喜欢谈论有权有钱有名的人，以此显示自己的高贵，久而久之自己对自己的办事能力产生怀疑，凡事总是习惯寻找靠山。

有人一直以为找到靠山就是成功，比如写作，当年很多与我同时写作的作者现在已经不写了，他们想方设法赚钱，结果钱没赚到，他们的事业心也减弱了。当年比我有才华的朋友们现在也不谈文学了，在他们看来谈文学就是傻瓜，只有疯子才会谈文学。面对这些情况，我安慰他们，朋友们能各有各的事做，很好。实际上说这话时我有些沾沾自喜，毕竟我在写，而且连续出版散文集和长篇小说，这在一些读者心中是占有地位的。

我之所以沾沾自喜，完全是靠自己打开成功之门的，并没靠山。我的所在地，不如我的人都有工作，他们凭着靠山走进机关，掌握着权力。可我不行，即使行也不能，我的良心和责任感都劝我不能。多少年来，我为人处世敢作敢为，关心他人胜于关心自己。在进机关问题上我就是不求人，就是不拉关系，不走后门，可是我照常进了机关，照常不拉关系，不走后门，也照常写出作品。有人嘲笑我轻视自己的前程，可我觉得自己光明磊落，而且是扬长避短。也许我得不到什么好处，但我没有愧疚感。

我经常在思索，如果我也利用靠山，我现在是多大的官？其实当官与不当官都没什么，即使是市长在位时有人尊敬，退休后还有人尊敬吗？恐怕连轿车都没有，上街办事不还需要骑自行车吗？由此可见，权力是暂时的，生命才是第一位。前不久我到一个地区办事，当我打听一个朋友的名字时，在场的人异常吃惊，我也感觉气氛不对。就在这时，一个朋友悄悄告诉我，这个朋友已经不在了，轮到我吃惊了。这怎么可能呢？前几天不是好好的吗？怎么说离开就离开了呢？对朋友的离开我很悲伤，情不自禁站在他的办公室门前沉默，此时此刻我在思索人的生命怎么如此脆弱。

我想说的是，既然知道生命是脆弱的，就应当及时掌握自己的时间，努力使自己成功。然而并不是所有人都有这种想法，个别人吃喝嫖赌，根本没把生命当回事，每天干什么也不知道，我行我素，这样的人怎能成功呢？生活就是万花筒，社会就是大染缸，什么样的人都会在这里受到熏陶，只不过熏陶出不一样的人罢了。我是希望好人越来越多，坏人越来越少，可是这可能吗？最大的事也有小的时候，最优秀的人也有缺点，人世间有时是不可能以个人意志为转移的，这一点务必使朋友们清楚。

既然如此，自己制定目标，自己朝目标努力，自己靠自己的付出达到成功，或多或少这也是一种优秀的品质。成功是潜伏在每一个人心里的东西，随时随地都有可能发生，是靠自己还是靠他人，这些并不重要，关键是自己的努力过程，自己的付出值不值。当权力压制你时，当环境对你不利时，当社会抛弃你时，当所有利益都没有你的份时，此时此刻你该怎么办，是寻找靠山，还是继续努力。也许找靠山就是成功，可是找到靠山又能如何，就不需要努力了吗？利用靠山达成目标不感到愧疚吗？靠山能靠一辈子吗？

说了很多无关紧要的话，最想说的是不要找靠山，要靠自己。有人以为靠钱财帮助，靠权力帮助，才能得到一切，得到想要的，其实这是误解。靠谁都只能靠一阵，并不能靠长久，只有靠自己才能打开成功的大门。应当注意的是，打开成功的大门不是靠喧哗的笔会，不是靠谁有多少钱财，谁有多少权力，而是靠实实在在的努力，孜孜不倦达到目标。

智慧属于成人，单纯属于儿童。

——蒲柏

成功就是做成事

不要以为成功是伟大人物的事，普通百姓也有数不清的成功机会，只要每天做好自己的本职工作，天长日久也成功。为什么有人提出行行出状元，换言之，干什么都可能成功的。

很多人都把成功当成是干成一件大事，或在全世界出名，或给所有人带来惊喜。实际上成功就是做成事，没必要非做成什么样惊天动地的大事不可，只要踏踏实实面对每一天，踏踏实实做成每一件事，哪怕是微不足道的小事，也是在成功范畴。我这样说不知道有没有人明白，成功的确是一件小事，换言之，成功是由数不清的小事组成的。看看那些科学家，哪个不是在积累小事，哪个不是在微不足道的小事中成功的。即使现在的平民百姓，也是如此，也是在微不足道的小事中渐渐地积累最后成功的。

一个作家当他没有成名时，写出的作品没有人知道和了解，写出多少作品也是石沉大海。可是如果当他一个字一个字写出时，当他的作品一篇作品一篇作品发表时，渐渐地，了解他的人就多了，起码在一定范围内有人知道他是作家，是写出过作品的人。假如此时他继续努力写作，继续发表作品，他距离成名也就不远了，或者说，成功近在眼前。我不知道其他作家是如何成功的，可是我知道自己是如何努力的，我的写作之路就是一个字一个字写出的，一篇一篇发表的，积少成多，聚沙成塔。尤其是近两年，我的创作成果突飞猛进，出版十几部小说和散文集，难怪有一位编辑兴奋地对我说："你在我们这里出版了三部散文集、两部长篇小说，你大丰收了……"是呀，我也想说这个问题，谢谢朋友们和出版社。在此提出这个问题，是想说明不要怕无名，不要担心没人给你发表作品，只要你努力写，迟早有一天会有人为你出版的。何况现在的出版形势非常好，只要写出的作品质量够档次，出版是没问题的。一个作家的成功并不是个人的成功，而是依靠数不清的人的帮助才获得的成功。

当作家的成功显而易见，其他行业的成功也是纲举目张，比如有人想当领导，只要肯为百姓办事，用不着多久就会有领导看中你的才华，提拔你当领导；有的想当教师，用不着挖空心思走后门拉关系，只要考上教育学院就有机会实现梦想。现实就是如此，何况国家还重视教育，在教育学院的学生还免学费呢。其实我想说的是，谁也不是伟大人物，虽然每天只能做几件微不足道的小事，以此满足其他人的要求，但这也是成功。不要以为成功是伟大人物的事，普通百姓也有数不清的成功机会，只要每天做好自己的本职工作，天长日久也是成功。为什么有人提出行行出状元，换言之，干什么都可能成功的。不怕你不干，就怕你干不好，不怕你不做，就怕你做不好。凡是成功都有这样的特殊性，凡是成功都有一定的机会和范畴，问题是如何把握这个机会。

>>>

不畏浮云遮望眼，只缘身在最高层。

—— 王安石

每人都有成功时

不要怕自己不成功，更不要以为有名就是成功，坏名声的人数不清，他们算成功吗？其实，挖空心思拉关系走后门的人也不是成功，有权的人能帮助一时能帮助一辈子吗？

每当听人演讲时心里都有一种敬佩，认为他们是世界上最伟大的人，实际上这只是一种自卑心理，经过这些年的努力自己也已经成为成功人士，或多或少心里涌现一股安慰。其实，成功与否都不必着急，越是着急越是不容易成功，只要努力没有不成功的。换言之，每一个人都有成功的机会，都有成功的时刻，关键是如何努力才能成功，如何让自己迅速成功。

成功是什么，成功就是做工，就是做成事，让人相信他们做法正确。因为做法正确，才能有人相信他们，相信他们做的每一件事，哪怕说的话也是如此。因为成功他们受到尊敬，因为成功他们得天独厚，因为成功他们拥有他人所没有的各式各样的好处，包括各式各样的名誉和待遇。都说人的命天注定，有时天并不能注定，而是由人自己决定，因为成功有时就是由自己说了算。这不是大话，比如写作，想怎么写或写什么，不是由自己决定吗？只有自己决定的题材，写出的作品才能在报刊上发表，才能成功。所以我说成功在自己，想成功就能成功，不想成功就不可能成功，只是时间长短的问题，并不是成功与不成功的问题。

诚然，成功与环境是有关系的，环境好成功机会大，环境不好成功机会少，这也是人生与环境的辩证法。在一个地区，或在一座城市，领导重视人才各行各业才能有发展，如果不重视人才这座城市不可能得到发展，这就是人才与环境的关系。什么样的人算人才呢？是有学历的人算人才吗？还是有各式各样成果的人算人才呢？实际上有学历的人现阶段并不算人才，只有成功者才能算人才，每年毕业生成千上万，哪个是人才呢？哪个是成功的典型呢？不要看学历，要看他们贡献了什么，做出了什么。成功是人人希望得到的，可是并不是所有人都有成功的机会，有人可能连机会都没有，这样的人怎能成功呢？

其实，每人都有成功的机会，关键是如何把握。有人把握一辈子也没有成功，有人随时随地都会成功，成功者为什么会成功，失败者为什么会失败，他们之间有哪些秘密，这是检验一个人成功的关键。在中国，有做好人好事成功的，有靠拉关系走后门成功的，还有靠自己辛苦成功的，除此之外，还有靠钱财成功的，靠阴谋诡计成功的，总而言之，不论是什么样的成功都有意义。不是我在此鼓励采取拉关系的成功方式，有时为了达到成功搞一些关系也是可以的，何必费尽心机谋取成功，捷足先登不是更好吗？何况中国人讲究的是友好往来，他们看中一个人才会经常主动上门，达到当伯乐的目的，有人帮助为何不要呢？

不要怕自己不成功，更不要以为有名就是成功，坏名声的人数不清，他们算成功吗？其实，挖空心思拉关系走后门的人也不是成功，有权的人能帮助一时能帮助一辈子吗？靠爹妈的钱财也是如此，也是靠不住的，只有靠自己才能成功，也只有靠自己才是成功。在这一点上，我最敬佩的是不靠钱财，不靠权势，不靠拉关系，不靠走后门，只靠自己付出辛苦获取的成功。

让月光忘记委屈

如同月光一样，刚刚有一点明媚就被暗藏的乌云谋害了。于是我想既然月光被暗伤，不妨就让月光忘记自己吧，让月光忘记人世间的委屈，也许这样的日子会有转机。

当月亮升起来时，我走在荒郊野外，希望明媚的月光照耀我委屈的心，让我的人生由此亮堂堂。

不知为什么，总有人在自己稍稍有点成绩时就会狠狠扎自己一刀，让自己在痛心疾首的同时心里流血。实际上在我的人生经历中并没有什么成功，只是人生经历多了后感受也多，对社会对人都有自己独特的看法，那些人没必要对付弱者。一个弱者是最需要帮助的，可是自己多年来并没有人肯帮助，即使有人想帮助也是等待送礼，这样的帮助等于没帮助。其实不是我在此发牢骚，社会关系已经让我们看淡了人生，什么利呀弊呀对自己已经无所谓了，甚至有谁升官发财也无动于衷。就现在这样的年龄段，该有的已经有了，该得到的没有得到也不想得到了，每天习惯于自己的写作，写好写不好凭自己对社会的认识。唯独情绪上或多或少受到损害，这是我最担心的，也是尽可能避免的。多少年来，我不怕天，不怕地，只怕受委屈，可是偏偏有人就是送委屈。

现在的人自尊心很强，不愿意提过去的事，哪怕是好事也不愿意提，因为过去的好事现在看来已经无关紧要，更不可能对自己有什么作用。我经常以为自己是世界上最无聊的人，即使写出一些小说散文也是在他人不想写的情况下，随心所欲写的。近两年连续出版了几本书，以为干什么都会顺利，实际情况并非如此。委屈一个比一个大，伤害严重，好像有人专门研究我似的，只要我稍稍高兴就会有人给我一棍子，弄得我晕头转向，心里由此感到委屈。其实我的人生委屈数不清，有时不想受委屈也得受委屈，有权的给委屈，有钱的也给委屈，陌生人给委屈，熟悉的人也给委屈，敌人给委屈还可以接受，朋友们给委屈就是另一回事了。也许我太微不足道了，受一点委屈并不算什么，可是再小的委屈也伤人啊！

人是有情感的，人与人之间应当是平等的，怎能给他人委屈呢？可是偏偏有人就是送委屈，正如有人说的那样，面对委屈我想哭泣。世上什么苦难都没有受委屈更让人痛，苦难可以跟人说，可以获取帮助，心灵委屈却是说不得的，也说不清。人在委屈中是什么样？委屈又是什么？为什么有人面对委屈想哭泣？如果一个女人哭泣还有情可原，如果一个男子汉哭泣意味着什么？由此可见，委屈是多么不招人待见。委屈是在你心情好时有人给你一个麻烦，让你接受愉快的同时也接受痛苦，说不清，道不明。委屈是在你顺利时给你出的难题，解也解不开，甩也甩不掉，想笑不能笑，被苦难肆意胡为，严重影响自己愉快的情绪。委屈就是刀子，越是在愉快时越有委屈，越是在得心应手时越是遇到困难，如同天空的月光一样，越是明媚的时候越要走一走，以此减轻自己的困扰。可是这种困扰有时越想方设法避免越是避不开，委屈随时随地都有，肆意而为，真的让人谈虎色变。不是害怕委屈，谁没几个委屈？问题是有些委屈可以接受，有些委屈不可以接受，它们不是我们应当接受的委屈，不是我们的委屈为何让我们接受？

曾经，我希望每天都能愉快，可就是委屈多，也不知是哪位大人物给的委屈。实际上几乎所有委屈都有领导者，在他们跟前随时随地都有委屈，他们说大就大，说小就小，没有余地。他们凭什么给我们委屈？凭的就是手里的权力，你不送礼我就找你麻烦，让你想办的事办不成，或千方百计阻挠，或想方设法拦截。其实社会上绝大多数的人是好的，或是比较好的，坏的只是少数派，或极小一部分，他们掀不起浪花，只是让人感到委屈。有时我在委屈后思索，是什么让他们给我们数不清的委屈，难道他们没有委屈吗？好长时间我都在想这个问题，希望有一个明确概念，直到有一个朋友告诉我委屈就是谁的权力大谁就施展的多，由此可见，委屈已经成为一种普遍现象，只是没有多少人这样理解。其实委屈并不算什么，谁没有委屈啊？国家也有委屈，想当年八国联军攻占北京，中国人不一样委屈吗？日本侵略者占领中国绝大部分土地，中国老百姓不同样委屈吗？即使新中国改革开放后，职工下岗不也委屈吗？由此我想，是不是委屈组成世界？否则怎能有数不清的委屈？

有人给我留言，说是看了我的博客感动得想哭泣，我不知道这个朋友看到了什么，可是我知道朋友的心思。是同情？是鼓励？还是同命相怜？我说不准也说不出，人世间的事有时是说不得的，说了反而不好，不如不说，凡事和平共处是最大的崇高。其实月也是靠太阳发光的，有时没有阳光照耀，不论它有多大能耐也是暗淡。由此我想不要企求太多，企求太多会丧失已经得到的东西，有些东西一旦丧失有可能永远得不到了。我多想，世人少些委屈，多些愉快；我多想，自己走到哪里都有愉快，让自己愉快，让身边的人也愉快。可是不行啊，委屈一个跟一个，苦难不断，坏情绪不断，如同月光一样，刚刚有一点明媚就被暗藏的乌云谋害了。于是我想既然月光被暗伤，不妨就让月光忘记自己吧，让月光忘记人世间的委屈，也许这样的日子会有转机。

一日一钱，十日十钱，绳锯木断，水滴石空。

——班固

在山沟里看月亮

在山沟里看月亮，我看到的是数不清的岁月飞奔而去，看见数不清的生命在闪耀，这是人类的发展吗？这是社会的进步吗？我想是，也应当是。

有一个山沟让我想了又想，去了又去，哪怕回到城市多年对它也很关注。也许这个山沟太贫穷了，地处穷乡僻壤，很少有人关注，也没记者采访。可是我去过这个山沟后，心里说什么对这里也放不下，不是山沟有什么美景，而是贫穷得让人害怕。当我来到这个山沟时，马上有人拒绝我进村，他们说这里的风俗不好。我问为什么？他们说这里的人极少穿衣服。我又问为什么，他们说还不是因为贫穷没钱买衣服，有的人家兄弟几个才有一条裤子。我恍然大悟，难怪他们拒绝我进村。

可是他们拒绝我进村我就不进了吗？他们害怕我看见贫穷我就看不见贫穷了吗？实际上贫穷并不可怕，可怕的是个别人看不起自己，看不起生养自己的村子，更看不起自己生存的土地。谁没经历过贫穷？谁没有贫穷的时候？难道现在和平岁月不打仗就不贫穷了吗？难道有了钱财全世界就富有了吗？

回答肯定不是的，有的地区有钱财，有的地区没钱财，富有不是平均数，走到哪里都有贫富差距。为此我悄悄来到这里，希望看见我想看见的事物，了解我想了解的情况。山有多高，水有多深，没人知道，可是我却一清二楚。我是在夜里来到这里的，实际上我白天就已经来到这里悄悄潜伏着，直到晚上我才能走进这个贫穷的山沟。我先走进一家茅屋，这里曾经有我认识的农民，他们一辈子没见过火车是什么样，他们兄弟只有一条裤子。

我进屋的同时摇晃着裤子，这是我为他们兄弟准备的，他们兄弟一见我手中摇晃的裤子，马上明白是怎么回事，于是他们兴奋地穿上裤子。可是我又蒙了，他们兄弟有裤子，他们的妹子没裤子，我只好让他们兄弟脱下裤子，把裤子送给他们的妹子，他们兄弟只好再次合穿一条裤子。我见过很多贫穷的人，可是我从来没见过贫穷，如此穷得连裤子都没有的人。

这一刻，我心灵受到强烈震撼，我没法在屋子里住下，只好走出来透气。我告诉他们兄弟，下次来我肯定给他们带裤子，至少让他们兄弟人人有裤子。虽然我说这话时底气十足，结果我却食言了，多少年后我再也没有返回这个山沟，再也没有给他们兄弟带去裤子，即使路过时也没到那里走一走看一看。

有时我恨自己为什么不帮助他们了，实际上不是我不想帮助他们兄弟，而是我没有能力帮助他们兄弟了。我与所有职工一样，也经历着下岗，买断，离职的痛苦，也经历着寻找工作的艰辛，为生活我四处奔波勉强达到温饱。

我成了既帮助不了他人又帮助不了自己的人，又怎能去关心与我并没有什么关系的外地人？又怎能与他们同甘共苦？这时的我没有什么高尚境界，我只是关注自己干活时少出些力气，少让自己生活费降低，少让自己与他人一样走投无路，可结果仍旧生活得一塌糊涂。与此同时，我也在努力，在苦难中艰苦奋斗，我知道自己这个百姓很小，很微不足道，可是再小的百姓也是人啊，再小的辛苦也是努力。我经常想，不要看我这个百姓如此小，如此微不足道，只要我努力了，只要我奋发图强，我的目标就会实现，生活的经历告诉我这是正确的选择。

在山沟里看月亮我看到了自己，看见了自己的过去，也看见了自己的未来，更看见了自己对未来的希望。让我没想到的是，多少年来，我没有再返回过这里，也没再见到这里的朋友们，当年的人与当年的事如风一样瞬间消失。其实不这样又能怎样，我已不是以前的我了，他们也不是以前的他们了，穷乡僻壤毕竟与城市不同。接下来该变化的要变化，该离开的要离开，社会变革，搞活经济，都要有各式各样的人来统筹兼顾，谁也不可能消灭贫富差别。只是月亮还需要升起，还需要闪耀，还需要数不清的人向往，唯独那个山沟里的房子还在吗？那些乡亲还在吗？希望富有的朋友们还在吗？在山沟里看月亮，我看到的是数不清的岁月飞奔而去，看见数不清的生命在闪耀，这是人类的发展吗？这是社会的进步吗？我想是，也应当是。

落红不是无情物，化作春泥更护花。

—— 龚自珍

理解自己的人生

在社会实践中，也许我们没有理解自己，也许我们没有理解他人，可是我们都有进步的心愿，都有一种力量在鼓励自己，这就是我们理解了自己，理解了自己的人生。

夜里醒来，精神头很足，一鼓作气将网上的文章浏览一遍，恨不得将所有好文章融入自己的脑子里。可是接下来还需要消化，这些文章是谁写的，为什么这样写……一连串问题都在心里思索。我会不会也写这样的文章呢？实际上我想说的是，他写的文章好理解，自己写出的文章并不好理解，谁肯理解自己呀？既然没人理解，不妨自己理解自己，自己理解自己的人生总可以吧？

然而，自己如何理解自己的人生，如何让人知道自己的人生还需要理解，这的确是一个重要的问题。人生有时变化很大，明明计划好的人生偏偏出现各式各样的问题，明明可以做好的工作偏偏没有做好，明明有目标偏偏扭转了目标，这些问题的确让人怀疑自己的人生怎么了，为什么会涌现一连串的问题？于是开始怀疑自己，怀疑自己的能力，怀疑没有人理解自己。其实在日常生活中，我们没必要非要让人理解自己不可，即使他们理解自己了又能怎样，还不是两个肩膀一个脑袋，接下来干什么还需要靠自己。一个人的生命是有限的，不论干什么工作都有自己的轨迹，靠别人帮助靠得住吗？理解也是如此，靠谁也不如靠自己。

在我看来，人有两种，一种是在意自己的，一种是在意他人的。在意自己的人私心重，遇事爱为自己打算，结果失望大于希望。在意他人的人心胸广阔，也有两种，一种是发展自己的人，一种是限制他人的人。发展自己的人属于在意自己的人，限制他人的人属于在意他人的人，这样的人生逻辑实在让人琢磨不透。可是有必要琢磨，有必要思索，更有必要研究。

一个人活着要知道自己是谁，总不能连自己是谁都不知道吧？实际上有些人活着的确不知道自己是谁，看他们每天忙碌的样子，外人真的以为他们是忙人，其实不然，他们忙碌什么谁也不清楚，甚至连他们自己也不知道自己每天在忙碌什么，这就是他们不知道生存的目的。我想说的是，我们生存在这个世界上，不是为他人活着，是为自己活着，因此，在有些问题上就必须要看开一些。生命是自己的，也是他人的，理解自己也是为了理解他人，只有理解好自己才能理解好他人，这也是一种生命哲学。

人在梦里经常幻想着自己能达到什么样的生活水平，有时在梦里生活比实际生活还要靠得住，这样的梦想我是希望实现的。然而每当梦醒时我都在问自己，这是我吗？是我在梦想吗？人在做梦时并不觉得自己是在梦中，有时还有可能认可自己的梦境，以为梦想就是现实，结果把自己带入一个危机四伏的境地。

什么样的人有梦想，什么样的人没有梦想，我没有研究过，可是我希望自己有梦想，希望自己梦想成真。曾经，我独自来到角落，察言观色看四周有何风吹草动，尽可能避免那些矛盾和问题。可是到头来弄清并不是梦想，而是现实中那些找不到的麻烦和问题，那些靠拉关系走后门形成的成绩单。我不反对有人拉关系，那些为了拉关系不顾他人死活，这样不理解他人的人能有作为吗？不理解他人的人即使有了权力，面对百姓也是无动于衷。现在的社会最需要的就是有人肯对百姓动感情，同情百姓，理解劳动者，帮助他们生活更上一层楼，否则要他们干什么？可惜类似这样的领导干部寥若晨星，绝大多数是想方设法获取百姓利益，从百姓手中得到各式各样的好处，以此达到他们的目的。

不是我们不会理解自己，也不是我们不会理解他人，在理解问题上，我们彼此都缺少真正的理解。我们生存在变革的年代，每天都有数不清的变化，这些变化要求我们的思想感情也是如此，也要随时随地变化。在社会实践中，也许我们没有理解自己，也许我们没有理解他人，可是我们都有进步的心愿，都有一种力量在鼓励自己，这就是我们理解了自己，理解了自己的人生。我不想与谁争夺什么，在这夜静人稀的夜晚，写出这样一篇文章来说明自己的心态，实际上也是为了更理解他人，理解自己。

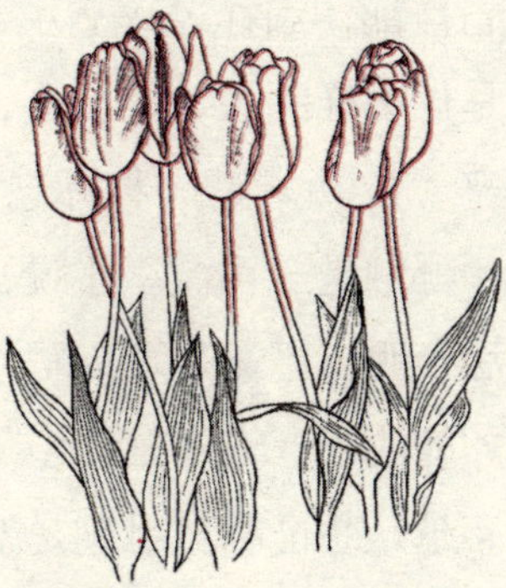

人固有一死，或重于泰山，或轻于鸿毛。

——司马迁

证明自己干什么

经历一番风雨同舟的岁月后，我什么想法也没有，只想尽善尽美写出作品，力争上游多出版一些书，多写出一些作品，这才是我的成功。

一个人想要证明自己是什么样的人，靠什么，是靠成功吗？是，也不是，或有一半是。在我看来，成功只是一种标志，过程才是真正的证明。我一直想多写出一些作品，哪怕是一篇微型小说，或散文，我也想多写出一些，实际上就是想方设法证明自己还是可以写作的。有时以为写得越多越能证明自己是最有创作才能的人，谁知写作多年以后忽然觉得写得越多树敌越多，因为他们妒忌，越是想证明自己越是遭受妒忌。领导者认为你的名气超出了他，同事认为你的好处比他们多，前途比他们要好得多，因此他们对你采取敌对态度，而且变本加厉。我不是在这里说风凉话，其实有些人、有些事就是如此。经常让人望而却步。人世间最大的缺点就是妒忌，而文学恰巧就是最大的展示个人才能的平台，不论什么样的人都有机会展示，结果谁有才能谁便遭受妒忌。我之所以这样说是因为我的经历和环境就是如此，每天接触的人都有这种心态，逼得我不得不让步，不得不离开他们。

有人说我的心很大，不论哪个人嘲笑都有写出作品的机会。实际上并非如此，只不过有些问题我不可能解决，只好躲避。谁没有远大志向？谁没有理想和前程？然而当理想和前程矛盾时，只能选择沉默。尽管这样我的心也被折腾得弱不禁风，即使有些度量也是锻炼出来的，也是没办法的办法。美国总统布什就说过，中国人权力欲望强烈，一旦有权就陷害同胞。

布什的话有些过，然而我的所在地的确存在这种现象，个别人每天想方设法陷害他人，就是为了保存自己有限的权力，甚至连我这搞文学的也迫害。在他们看来我是与他们竞争的对手，有可能与他们争夺，因此对我的防范比对敌人还厉害。面对这种环境我只有隐藏，我是不想让自己与朋友们为敌的，不想与同事为敌，更不想与领导为敌，可是到头来因为写作我不知不觉就与他们为敌了。

不是我想与谁为敌，而是个别人不想与我交际，他们想方设法与我为敌，实际上就是为了达到压制我的目的，这可能吗？有一个例子足以说明问题，比如我在我们所在地的报刊上没有发过一篇稍长一点的作品，每次发表的作品几乎不足千字，至今仍是如此。其实他们的小心眼儿我知道，就是不想让读者或领导看见我写出的作品，能看见的只有千字，以此证明我只配写千字。实际上我一开始就是写长篇小说，只不过所在地的人说长道短，硬是将我的写作能力毁了，而我也不跟他们争辩，依旧我行我素最后写出长篇小说。今年我连续出版三部散文集和两部长篇小说，这些小说都是以前写出的，不知他们知道了感受如何。

有一句话我想告诉朋友们，在人生中不仅要有争夺第一的勇气，也要有争夺第一的本事，没有本事，想方设法争夺也得不到。我想说明的是，不是我想说长道短，是有些人有些事逼得我不得不说。有权不要压制他人，有钱不要嘲笑穷人，谁生下来也不一定处在富有人家，何况谁也没有选择家庭的条件。人与人之间应当是平等的，思想感情平等，社会实践平等，即使有些社会关系也不要仗势欺人。我是城里人，眼看着农村人进城胡作非为，心里真想把他们赶出去，可是他们有关系。几十年的是是非非真的让人思索，让人觉得这个世界有时还需要一点儿敬而远之，还需要一点儿忍辱负重，否则这个世界真的就危机四伏了。

一个人想要在社会上证明自己，最大的标志就是看他干什么，是否能成功。而成功代表什么，什么算成功，什么算失败，成功与失败有什么不同？对一个科学家来说研究出科研成果算成功，对作家来说发表作品算成功，对百姓来说有活干能赚钱就是成功。虽然成功微不足道，但能代表他们持之以恒的目标，代表他们在社会实践中占有的地位，或多或少就是成功的标志。我不知自己算不算成功，说成功吧，自己总是感到遗憾，有不足，甚至还有缺点，这样的人怎能算成功呢？可是又经常被人赞叹，算是成功人，只是这成功有些来之不易，如果放在他人身上又是如何？有时，我经常这样检讨自己，希望找到路能捷足先登。经历一番风雨同舟的岁月后，我什么想法也没有，只想尽善尽美写出作品，力争上游多出版一些书，多写出一些作品，这才是我的成功。

敏而好学，不耻下问。

——孔子

不能丢掉的人格

人格这东西越来越不值钱了，凡是与社会背道而驰的现象我最痛心疾首，凡是对国家民族不利的人与事我恨不得将他们赶回老家，让他们没有权力，没有机会再进城内。

检验一个人是否成功不是看他有多大名气，而是看他拥有多大人格，只有拥有人格的人才能被人认可。自古以来，人在苦难时是最容易思进取的，一旦获取功名后，便开始想方设法得到什么了。为官想贪，为商想占，这时他所思所想都有私心。可是有没有私心的人吗？在权力面前，在钱财面前，在女人面前，总而言之，在各式各样的诱惑面前，谁能过这一关呢？

不知为什么，一看见电视上的广告心里就反感，情不自禁骂着：现在的人怎么了，就知道吃呀。其实怪不得广告，要怪就怪现在的人吃饭随便，不论什么都想吃，什么好便吃什么。难怪广告各式各样，几乎都涉及吃，弄得观众也是想入非非。看广告，一是怪象，那些广告没有吃相，没有喝相，可是偏偏就是他们在作广告；二是药品种类繁多，各式各样，弄得观众不知吃什么药好；三是不论什么样广告，大人小孩都在叫喊 OK，实际上什么也不 OK，相反，倒是买什么贵什么，可是广告照常有人弄。提出一串问题，就是想说现在的人缺少人格，缺少道德品质，更缺少诚心诚意，如果这些现象继续下去这个社会公德肯定下降。

也许在有钱财的情况下，没有多少人讲人格了，能讲人格的人可能遭到嘲笑。可是正直的人不能不讲人格，进步的人不能不讲人格，有人格是人，没有人格还是人吗？可能这话说得激烈了，然而现阶段不能不说了，人的思想感情已经变化了，如果没有人肯说，这个世界可能就会变质，假如这个社会变质了老百姓还有好日子过吗？老百姓没有好日子过，还需要讲人格吗？人格多少钱一斤？人格能换回钱财吗？能换回官职吗？能换回幸福家庭吗？可能都换不回来，可还是要讲人格，没有人格还需要社会干什么？

有一个驾驶员是开油罐车的，一天，当他驾驶车辆行驶在加油站时，车厢忽然起火。在此危险时刻，他没有逃走，而是沉静地将油罐车开走，虽然他因为烧伤而入院，但他的行为受到百姓叫好。如果他没有人格，没有负责任的心，他能这样做吗？电视台表扬了他，很多观众被他的精神所感动，这样的人，这样的事，与雷锋有何两样？由此可见，人格不仅在伟大人物身上有所体现，在普通百姓身上也有所表现，类似这样的人与事多了，说明国家社会公德在提高，值得全世界的人学习。

一个人活在世上，不论有钱，还是有权，最后都要看他的人格如何。有人格的人是正直的，是大公无私的；没有人格的人，连亲情都没有，何谈人格呢？不要以为人不为己天诛地灭，只有心里有国家有人民的人才有人格，哪怕他自私一点，也会被人理解。怕就怕嘴上讲一套暗里又是一套的人，表面讲人格，暗里搞阴谋诡计。也许有的人至今不知道人格是什么，多少钱一斤。是的，人格没价钱，谁也不知道值多少钱，然而生活中具有人格的人就是受尊敬。人格对所有人都是平等的，不论有多高职位，多大权力，不偏向，哪怕是一个穷光蛋，只要他拥有人格，就拥有人世间最大的尊敬。我是最佩服拥有人格的人，没有人格的人我是看不起的，假如拥有一半的人格我也是与他们格格不入。多少年来，我能看淡社会，看淡官场，看淡生命中的五彩缤纷，重要的原因就是我心里渴望拥有伟大的人格。虽然不是我的人格，但我希望拥有，希望得到。

曾经写出一篇小说《在家学坏》，是说一对夫妻在家也能学坏的故事，他们原本是恩爱的，可是现实让他们很不如意。不知哪个算命的说妻子只能活一年，而且还是一个坎，于是妻子将家里所有东西都送给亲朋好友……虽然这是一个故事，迷信色彩浓厚，但让人思索。生存是为了什么，如果一个人心灵脆弱到相信迷信的地步，这样的人怎能生活？小说写出了人思想感情的复杂性，写出了社会变革带来的创伤。近两年，人格这东西越来越不值钱了，讲人格的人经常被嘲笑，可是我讲人格。凡是与社会背道而驰的现象我最痛心疾首，凡是对国家民族不利的人与事我恨不得将他们赶回老家，让他们没有权力，没有机会再进城内。我经常告诫自己，我的能力微不足道，可是我的人格不低，没有人敢轻视，敢轻视我的人他肯定没有人格，在这一点上，我相信社会。

清水出芙蓉，天然去雕饰。

—— 李白

在自然的劳动中

城乡差距越来越小，百姓生活水平越来越高，这样的日子只有在中国共产党领导下才能实现，这样的生活方式只有社会主义才能获得，由此可见，在自然劳动中度过是平等互利的。

人的一生有几次是在自然劳动中度过的？也许你是一个民工每天都在劳动，也许你是一个领导干部每天都有应酬，可是有几次是在自然劳动中度过？可能有人不知道什么是自然劳动，早在几十年前苏联曾经掀起星期六义务劳动，中国也随波逐流学了起来，于是每到星期六都有人义务参加劳动，没有报酬，没有表扬，默默无闻贡献着自己的一份力量。现在看来这可能是天方夜谭，可当时就是真的发生了那样的事，如同现在的志愿者被人赞扬着。我想说的是，一个人一辈子没有几次参加过义务劳动，这种自然劳动更是寥若晨星，真正参加的也是少之又少。实际上，这种类似学雷锋做好事的劳动随时随地都有，只是现在的人已经把它们忘记了，尤其是在搞活经济的眼下，很多人只讲究钱财和权力，没有谁这样参与了。

自然的劳动，是一种平等互利的行为，这种劳动只有在社会主义国家中才能涌现，资本主义国家是不可能有这样行为的，即使有，也是寥寥无几。为什么中国社会主义坚持了几十年，为什么中国共产党拥有九十年的成功经验，其中主要原因就是贡献的多，无偿奉献的多。在一些共产党员身上，在一些志愿者身上，都有雷锋的影子，都有共产主义的风格。难怪一些老人在经历了几十年的风雨后，深切感到只有中国共产党才能救中国，只有中国共产党才能领导人民向前看。他们为什么对中国共产党产生好感，产生信任，重要的原因就是他们接受了中国共产党的领导，接受了共产主义的熏染。了解中国历史的人都知道，国民党与共产党争夺了将近几十年，谁得民心一目了然。为什么国民党一败再败，共产党一胜再胜，重要的原因就是共产党民主。

什么是民主，民主就是自然，就是民心，在中国共产党领导下，民主与自然和平共处。现阶段只有共产党才能领导中国人民向前看，能够替代中国共产党的组织尚未出现，中国还需要共产党，还需要社会主义。外国人想方设法毁灭共产主义，前苏联的瓦解，社会主义阵营被摧毁，直接冲击着中国共产党。可是中国共产党照样领导着中国人民向前看，改革开放30年中国人不也搞活经济了吗？城乡差距越来越小，百姓生活水平越来越高，这样的日子只有在中国共产党领导下才能实现，这样的生活方式只有社会主义才能获得，由此可见，在自然劳动中度过是平等互利的。

可能在个别人眼里自然劳动是苦力，是傻瓜干的事，实际上有这样想法的人才是傻瓜。在人人讲奉献，人人讲平等的中国，自然劳动不是更好吗？在这样的日子里，人民广泛享受自由与劳动，古今中外，哪里有这样的社会制度啊？历史潮流汹涌而至，鱼目混珠，泥沙俱下，可是只有在越来越强大的中国才能得天独厚，享受这种平等而自由的幸福生活。

>>>

意志若是屈从，不论程度如何，它都帮助了暴力。

—— 但丁

难忘的桂林米粉

说米粉，我的确是少见多怪，百米长粉，如滔滔河流，只有吃饱肚子才能断开。看着长长米粉，我真的吃不下去了，本来我想留着肚子吃其他食品，可是眼下我不得不舍近求远。

几年前，我去桂林，当游遍桂林山水后，忽然觉得肚子饿了，于是就在一家小吃店里要了一碗桂林米粉。其实没去桂林前，有朋友就嘱咐我：到桂林后别的不吃，先要一碗米粉，然后再去欣赏桂林山水。可是我听之任之，随着旅游团先去观看桂林山水，俗话说桂林山水甲天下，现在既然到了桂林为什么不赶紧欣赏这风景呢？

一路上，我看见红桃绿柳为我拂去一路的轻尘，用清澈的灵渠水为我洗去身心的疲惫，用幽雅的古乐为我叩响心灵的交响，用热烈的山歌为我点燃青春的激情……我真的好高兴，有生以来能在此一游，也是十分幸运。在桂林有数不清的风景，可以说是风光无限。小姐们为我端出香喷喷的油茶，为我讲述这个古镇的过往，为我轻声哼唱一曲《贺郎歌》或者《龙船调》。还有小姐为我捧上甘醇的米酒，为我描绘当年秦王扫六合，虎视何雄哉，派兵开凿灵渠，一统江山的雄风。还有两千多年来，一代代陡军守护灵渠，守护心灵家园的情愫……这时我想，我的所在地为什么没有这样的招待，他们能行，我们为何不行啊？

随着走来，桂林米粉是什么样仍在心里闪烁。有没有东北粗粉好吃？

有没有北京细粉筋道？因为不知桂林米粉是什么样，所以心里总是有些念头，不知不觉就对米粉产生了好感。当旅游团走到街头时，我忽然问导游，桂林米粉是什么样？有东北的粗粉好吃吗？谁知导游说，东北粗粉是什么玩意儿，还敢与桂林米粉相提并论？你少见多怪，别乱问了。

其实不是我少见多怪，实在是现在的人太想让人知道自己这个所在地有哪些故事了，太想让所有人都了解这里了。比如在一些散文里就有数不清的语句，读后感觉强烈，而且振奋精神写出充满激昂的文章。比如乘小船上，欣赏河流，观看景色，都有一种超然世外桃源之感。饿了品小吃，渴了喝凉饮，还可尝到糍粑，最后才能吃到那盼望已久的米粉。

说米粉，我的确是少见多怪，百米长粉，如滔滔河流，只有吃饱肚子才能断开。看着长长米粉，我真的吃不下去了，本来我想留着肚子吃其他食品，可是眼下我不得不舍近求远。虽然有些恋恋不舍，但也是迫在眉睫，该住嘴就得住嘴。为此我经常想，假如我饿，一定要吃一百米。不，要吃二百米，三百米的米粉。甚至幻想来一个吃米粉比赛，看谁吃米粉长，看谁吃米粉多。一种小吃让人心悦诚服，在我看来，别看一根根白色细腻的米粉，它却象征着细水长流的幸福。

百学须先立志。

—— 朱熹

文学如水我是花

如何让自己的生命与社会联系在一起，让自己这朵花在文学的田地里更加灿烂，这是我的当务之急。人生有时是靠一种精神支撑的，这精神就是文学，它滋养着人生，滋润着我们的日常生活。

文学如水我是花，这是我在作家培训班上写出的标题，实际上还有另外一个标题，即文学滋养人生。现在我写出这个标题很从容，然而在考试时却很紧张，一开始就把思路搞断了，这是回来后现写的。在我看来，文学如水我是花，有几层含义。人生有文学干什么都有力量，这不是吹牛皮，而是一种来自生活中的真正体验。人生有文学是一个人到底有多少文化修养，有多少文学知识，换言之，有多少人生思想，有多少生命追求。由此可见，文学滋养人生显而易见，而文学如水我是花更是明确。

有时我在思索，文学如水我是花，文学可以成水，浩如烟海的文学如同洪流一样冲击着人类心灵，冲击着生活，也冲击着我们这个社会。有文学是多么美好，没有文学干什么都有阻碍，有文学的人精神饱满，每天生活在第一线。

比如在文学院，好比一片田地，学员如同花朵，聚集着，开放着。看着他们灿烂的样子，我询问自己，我是花吗？我算开放了吗？文学给了人什么让人对此如此着迷？靠它有钱吗？靠它有官吗？还是靠它能得到什么？一切的一切都有答案，一切的一切都很明确，然而我还是要问，文学是什么。

自古以来，为官者哪个不希望自己鹏程万里扶摇直上，写作者哪个不想自己的才华激情飞跃华章四射。可是自己呢？写了一年又一年，算什么呢？那些写出很多作品的作家他们算什么？为此我思索，我努力，我感受深刻。于是我写出这篇文章感动自己，让自己在写作中受到冲击，同时释放自己的精神。其实考试时心情很紧张，有时还需要四面环视，看看是否有人注意自己。当我确定没有人注意我时，自己的情绪稳定下来，又接着写作。同时庆幸自己拥有文学，拥有这个特殊的感受，拥有别出心裁的世界观。

其实我对文学并不像有些人那样只是一种谋取，文学对我是生命中的一朵浪花，每天为我的思想浇灌，让我在生活中不断努力，不断振奋。是花也好，不是花也罢，我所能做到的就是为它努力，为它工作，也为它生活。

我知道自己在文学的路上永远是一个艰难跋涉者，值得庆幸的是多少年来我不曾被污染，不曾被埋没，有时还有些许闪光。想来，我感到文学的确滋养人生，滋养我们的社会，也滋养世界上的所有民族。不要以为只有钱财才是财富，文学也是财富，更是一种特殊的精神财富，它们的价值不是以钱财来衡量。现阶段，有多少人离开文学，有多少才华离开文学，有多少品质离开文学，可是文学仍旧温暖人心，仍旧温暖社会，仍旧温暖那些还需要帮助的人。

所以我觉得自己是一朵花，在文学的浪潮下尽善尽美生存着，有文学我的生命充实，没文学我不知道自己在干什么，或者说干什么也没意思。实际上我的工作换了很多，从机关到企业，从企业到机关，我所接受的绝大多数不是文学，在不是文学的环境里我又是一个文学爱好者。为文学我放弃很多，用一位朋友的话说是抛官丢职，如果不搞文学我的生活能怎样？如果不搞文学我会不会也能弄个一官半职？会不会也有显著的成绩单？这个可能有，可是另一方面，也有可能成为贪官污吏，或是贪得无厌之人。总而言之，文学让我在人生的路上积累着生命的感受，也有了我这朵并不算鲜艳的花。至于这朵花能开多久，我不知道，可是我知道生命的灿烂在于努力，人生的成果也在于努力，只有努力努力再努力才能让人生更灿烂。

生命是美好的，写作是美好的，社会也是美好的，如何让自己的生命与社会联系在一起，让自己这朵花在文学的田地里更加灿烂，这是我的当务之急。人生有时是靠一种精神支撑的，这精神就是文学，它滋养着人生，滋润着我们的日常生活。

山重水复疑无路，柳暗花明又一村。

—— 陆游

人在中年感叹多

人在中年是一个朝气蓬勃的时期，也是一个豪情满怀、意气风发的时期，这个时期的人不畏惧任何阻碍他们的力量。

年轻的时候盼望中年，真到了中年忽然感受到人生的艰辛与不易，年轻时不懂人情世故，以为凭借自己的聪明才智可以获取一个好工作，甚至希望获得一个文凭得到领导提拔，实际情况是哪有这样的机会，即使有也是看他人被提拔，与自己没关系。年轻时有许多事情不理解，以为领导者都没有私心，他们不可能凭借权力对付谁，实际情况却不是这样，私心谁都有，领导者也不例外。经常听见有人说我吃的盐比你吃的饭都多，我过的桥比你走的路都多，真的是这样吗？未必，有人走一辈子的路也就相当于走一天的路，有人走一天的路却相当于走一辈子的路，这样的人生怎能互相攀比？人生的路不是凭领导者来安排，而是由自己努力去争取，凭借自己的聪明才智去探索，自以为是不行，自惭形秽不行，必须要独树一帜，人在中年尤其如此。自然洒脱、稳健成熟又世故，这就是中年的特殊性。

现在的年轻人很脆弱，吃不得苦，受不得累，稍稍有不如意就说长道短。这是一群80后，又是独生子女，他们的思想感情或社会实践都很浅，遇事没有主见，习惯了靠父母，所以当他们遇到困难时往往不知所措，甚至不知道如何生存。年轻时他们对父母撒娇，他们想干什么就干什么，只有到了中年才知道人生的幸福在于争取，人生的收获在于努力。一个人不管干什么，在父母面前他永远是孩子，工作的不如意，赚钱的辛苦，还有数不清的人际关系，都想对父母说。看着孩子有成绩父母高兴，看着孩子受委屈父母难过，看着孩子累了父母担心。然而，不论是累还是烦，都有人生的规律性。有些事可以对父母说，有些事不可以对父母说，高兴的事多说一些，不高兴的事少说一些，事业的成功与发达多说一些，生活中的艰辛少说一些。让父母知道他们的儿女是成功的，让他们懂得自己养育儿女是最大的收获，与此同时，也让父母知道人生有时就是上辈子传下辈子。人在中年，要的就是人生的通畅，减少父母对自己的牵挂，让父母安心度过晚年，这就是人生最大的尊敬和孝义。

人在中年，最大的收获就是成熟，这是所有人的重要标志。然而，并不是所有人都有这样的想法，并不是所有人都有这样的标志。有的人活如此年龄仍旧没有成熟，有的人为人处事仍旧是非曲直不分，这样的人在中年怎能行呢？人在中年要有所感悟，有所思索，有所表达，有所帮助，有所关怀，如果什么都靠着父母，一旦父母离开如何生存呢？人在中年还需要处理好家务事，处理好家庭成员之间各式各样的矛盾和问题，不要回避，不要讨价还价，让亲人与自己同甘共苦，甚至要比自己更好才行。人在中年就是一个过滤器，几乎所有的人生烦恼都被自己过滤掉，剩余的就是让父母高兴、宽心、愉快。

人在中年有数不清的事要做，在工作上要首屈一指，在事业上要有所突破，做不到这些说明自己尚未成熟。在我看来，人在中年是一个烦躁的年龄，每天都要面对数不清的烦恼。有做人的烦恼，有做工的烦恼，也有讨价还价的烦恼，更有说不得的烦恼。然而，在这些烦恼中，最大的问题就是如何获取属于自己的利益。谁也不想丢失利益，谁也不想丢失自己，在事业与个人利益上，中年人更倾向自己，倾向于私心杂念。可是我没有，人在中年的我与以前一样，兢兢业业，孜孜不倦。兢兢业业是写作，孜孜不倦也是写作，我的思想感情里面几乎都是写作，甚至骨子里也是写作。我与所有中年人一样，还需要钱财养活家人养活自己，可是我与其他人一样赚钱不易，养家更难，因此我更加珍惜自己的时间，更加珍惜自己的写作。

我曾写出过一篇小文《写在中年》，现在忽然间又写出《人在中年》，是写自己人在中年是如何写作的。现在的人很多是靠父母找到好工作后享受的，而我完全是靠自己努力写作享受生活的，我知道靠自己努力会付出很多，可是我觉得实实在在。很多时候人是不了解自己的，可是我了解自己，知道自己在干什么。多少年来，我走在自学的路上，从未被阻挡，哪怕遇上艰难险阻我也是努力向前。也许是我小时候吃多了苦，走向社会后我总是独自生存，养成了靠自己生活的习惯。我不想浪费生命，更不想浪费我的才华，我经常思索如何利用自己的艺术细胞，写出令读者拍手称快的小说或散文，可是我能达到目的吗？人在中年，我总是思索，思索我的未来，思索我的写作，也思索我的生活。在这个年龄段，稍稍失误就有可能陷入危险的边缘，幸而自己警惕性很强，才没有闹出各式各样的笑话。然而在这个年龄段，我还是感到了烦躁，感到很不如意，甚至感到得过且过。

其实，人的年龄并不重要，关键是每一个年龄段能做什么。曾几何时，有朋友嘲笑我是实力派作家，他们是看见我写出的作品很多，绝大多数都在散文集里出现，没有获得茅盾文学奖，没有获得鲁迅文学奖，可是这些重要吗？中国作家中有几个人能获此类奖？得不到也是正常的，千万不要让这些奖影响自己的写作，甚至影响自己的生活。实际上，从一开始写作我就非常自觉，我不是那些为名为利写作的人，我只不过是爱好写作，而且还能写作的人。换言之，我并不想靠写作生活，如果不是生活水平或生活方式发生了变化，我不可能坚持这么久，不可能写出这些作品。现在的人喜欢唱高调，而我一直处于低调状态，即使获奖也是小奖，也是省一级作家协会给予的奖，并不可能获取什么国家大奖。人在中年是创作的成熟期，写得好，作品铺天盖地，写不好，被生活所累，被情绪所困，如果整天想方设法赚钱是不可能写出好作品的。

人在中年，是一个靠自己，不靠别人的重要时期。这个时期人是最坚强的，不论遇到什么样的艰难险阻都会勇往直前。人在中年是一个朝气蓬勃的时期，也是一个豪情满怀、意气风发的时期，这个时期的人不畏惧任何阻碍他们的力量。

得到智慧的惟一办法，就是用青春去买。

——杰克·伦敦

相信自己的才智

这不是表决心，这是贴近心灵与朋友们对话，与真诚对话，我的心永远是向前看。哪怕有私心杂念，哪怕有委屈，哪怕有困难，哪怕有风吹草动，我的心永远属于朋友们，永远属于国家，属于人民。

世界上有两种人，一种是吹牛皮的人，一种是自卑的人。吹牛皮的人喜爱表现自己，自卑的人不敢说自己，为此我同情自卑的人，希望他们早日从生活中站起来，从实践中站起来。相信自己的才智就是要相信自己，确立自己的信心，一个人如果没自信也就等于没目标，没目标的人是不可能成功的。然而成功之前想干什么，这是一个小问题，表面看微不足道，可是微不足道也是显而易见，也是影响前途的。一个人的成功与否，与个人努力分不开，与付出分不开。

相信自己的才智就是要相信自己的能力，有多少能力就会有多大才智，能力与才智是分不开的。可是有的人看不起自己的能力，也看不起他人的能力，或自卑，或自私，或自以为怎么样，实际上他们并不怎么样。他们既不相信自己，也不相信他人，结果干什么也成不了，还需要他人帮助。一个人有多大能力他人不知道，自己怎能不知道，起码知道自己姓什么吧？话是如此，有人确实不知道自己有多大能力，也不知道自己的能力在哪里，稍稍遇到风浪他们就坐不稳江山，成为绝大多数人的累赘。我不是嘲笑这些人，曾经，我是不相信自己有才华的，我只相信只有努力付出才能有回报，谁付出的多谁就获取的多，谁流汗多谁就成绩大，这就是现实生活。如何确定自己的自信，这是成功的首要问题，我经常告诫自己不要装腔作势，要实实在在诚心诚意帮助他人，帮助自己，因为帮助他人的同时也会被人帮助。

一天早晨跑步时，构思了一个小说，每天构思成为我创作的一部分。当我跑到路口时，忽然过来一队车辆，可能是结婚车辆，一下将我的构思打乱了。返回后不论怎么想就是想不起来了，这时我很需要有人帮助，可是创作是个人的事，外人怎能帮助呢？我相信自己的才智，认真回顾，在没有人帮助的情况下写出这篇小说，而且还获了奖，这就是小说《新兵》，是很久以前的事了。我想说的是，在一个人的生活中经常有人帮助自己，你如此，他如此，我也是如此。没有人不需要他人的帮助，也没有人不想去帮助他人，尤其是不相信自己的人更需要他人的帮助。在这里我想说的是，相信自己吧，相信他人吧，相信世界上还有人在帮助别人。社会中有人没有工作，没有生活来源，可是也有数不清的有钱人帮助穷苦百姓，也有很多领导帮助百姓。由此可见，社会不是一团黑，即使有阴暗也是在角落，并不影响绝大部分人的生活。就我个人而言，多少年来我帮助过他人，他人也帮助过我，我永远不会忘记帮助我的朋友们。这不是表决心，这是贴近心灵与朋友们对话，与真诚对话，我的心永远是向前看。哪怕有私心杂念，哪怕有委屈，哪怕有困难，哪怕有风吹草动，我的心永远属于朋友们，永远属于国家，属于人民。

林子大啥鸟没有

社会就是一片林子，朋友们就是各式各样的鸟类，林子大了，什么样鸟类没有啊？社会与朋友们之间，林子与鸟类之间，都有着各式各样的矛盾。

如果把文学比喻为一片林子，作家就是数不清的鸟，在这片林子里，什么样的鸟没有呢？也许我写作时间久了，对文学界各式各样的现象了如指掌，因此写出的文章略多于其他人。尤其是个别文章带有明显火药味，让有些人接受不了，甚至对我展开攻击，实际上他们的攻击并不算什么。正如林子大了，什么鸟都有，难道还怕攻击吗？怕是不怕，只是觉得没必要。

不知为什么，最近我总是有一种忧郁，总是碰到很多文学爱好者。他们不是写出多少作品，而是对文学刚刚有点爱好，有的连作品也没发表几篇，可是他们对文学却持有一种垄断高傲的姿态。在他们看来，可能文学是他们往上爬的阶梯，或对他们前程有好处，可是在我看来这不是什么好事，有可能还是一种负担。文学不是他们想象的那样顺利，也不是他们想象的那样谁都有写作才能，绝大多数人是没有什么写作才能的，甚至一辈子也写不出什么好作品，忽然间想在文学界有发展这不是开玩笑吗？让我感到为难的是，面对初学者，我真的是无法与他们沟通，一是他们对文学一脚门里一脚门外，而且第一脚还不知迈在哪里。与他们相处我费尽心机也不能让他们满意，他们聚集在一起除了谈吃喝，连一个培训班也没有参加过，居然想在文学界混出模样，这真是一种幻想。文学不是哪个人有钱哪个人有权就能垄断，文学要的是真才实学，没有天赋是不行的，这也是文学界公认的。

我这人集天下所有缺点于一身，优点少，既不会吹，也不能吹，更不敢吹，因此在有些场合并不显山也不露水，直到他们看了我的书后才知道原来这人是有才华的。就是这种个性，我吃了很多苦，被人看不起，遭到陷害，还有个别人送的委屈。因为缺点多于优点，我不愿意聚会，又乐意聚会，不愿意聚会是因为我的位置小，愿意聚会是因为我还需要朋友们，与朋友们在一起聚会是我愿意的。可是聚会也是小社会，朋友们之间也是有矛盾的，聚会意味着矛盾和问题，如何处理这些矛盾和问题，靠说好话行吗？靠搞关系行吗？靠拥有好作品行吗？一个朋友可以搞定，所有朋友都能搞定吗？朋友们的小圈子有时也是矛盾多多，问题重重，处理好了是动力，处理不好就是反作用力，在这一点上我是深有体会的，也是深思熟虑后才写出这样的文章。社会就是一片林子，朋友们就是各式各样的鸟类，林子大了，什么样鸟类没有啊？社会与朋友们之间，林子与鸟类之间，都有着各式各样的矛盾。

既然看透了文学界的事，面对那些初学者，我只能与他们拉开距离了。一是我时间紧，写作任务多，不可能与他们吃喝；二是我站在高楼上不可能与楼下的人说什么，哪怕他们叫喊也没必要；三是每人写作状态不一样，是按需完成。我想有了这样的想法，面对初学者时肯定会被理解，否则文学就是我的负担。这是我不愿意看见的，也是没必要的。

带你去见太阳吧

生命有时就是一种旅行，累了就要休息。实际上想不开的事随时随地都有，干什么非要想不开呢？如果想不开赶紧去旅游，或到野地转转，哪怕是看看太阳也好啊。

曾经有一个朋友三番五次和我说长道短，听得我心烦意乱，只好对他说："带你去见太阳吧。"我的用意很高，我知道他心里想的是官职，是领导不提拔，因此他心里或多或少积蓄一些消极因素，我带他见太阳目的就是让他心悦诚服。果然，当我们在野地转了几圈后，他兴奋地对我说："大自然真好，看见野地的花草让我心旷神怡，我怎么没能早点来这里呢？"我嘲笑他："早来就不是你了，现在来也不晚，以后还需要来吗？"他兴奋地点头："以后还来，不仅自己来，也带着朋友们来。"

他是彻底明白了，可是我心有余悸，类似这样的事以后还会发生吗？下次再有这类事他还需要到大自然中来吗？即使来了还会像现在这样得到解决吗？我真的很怀疑，朋友的遭遇不是他一个人的事，弄不好会涉及很多人，他们都有共同的毛病。人生不是自然界，社会也不是慈善场，说不上哪里就涌现一些乱七八糟的矛盾和问题，解决不了就会产生斗争。如果所有人都像我一样忍辱负重，不论干什么都不想自己的利益，不想自己是否会吃亏，与所有人一样都有同甘共苦的精神，彼此之间就会和平共处。问题是有多少人能够像我这样，在他们眼里我是傻瓜，是不与人争夺的傻瓜，实际上是自己真的不敢争夺吗？不是，是心灵的高瞻远瞩让步于愚蠢，是理智让步于沸腾，在充满物质财富的社会中，能够把自己沉静在学习写作中，这是多么不容易的事。

在文坛，我遇到很多人，他们对文学并不是如饥似渴，只不过是想利用文学当敲门砖。有时他们为了自己的利益，拉关系，走后门，弄虚作假，结果最后他们什么也没得到。是文学对他们无情吗？是那些朋友们没帮助他们吗？不是，是他们根本没有文学细胞，没有文学修养，因此他们写不出什么作品，拿不出什么大作，所以职称评不上，关系搞不好，最后灰灰而去。在此我想提醒朋友们，文学创作不是弄虚作假就成名的，写出一篇作品容易，达成名家难，想成名更是难上加难。文学不是哪个人手里的牌，文学是社会关系的总和，有人就有文学，有人就有小说，可是小说与人毕竟不一样。人在社会中占有什么样地位是由他的经济基础决定的，有什么样社会关系就有什么样地位，有什么样经济基础就有什么样社会关系。在这一点上，全世界都如此，没有谁会说我有钱就可以当官，我有权就可以成为天下第一，当社会发展到今天时这种观念尤其强烈。我把朋友带到野外，是教育他知道世界上还有很多事他并不了解，还有数不清的矛盾和问题他不知道，一片野地就是一个课堂。

其实，社会就是一片田地，人与人之间就是花花草草，不论怎么努力每天必须见见阳光。然而社会有时不属于哪个人，甚至不属于哪个阶层，不论有权还是有钱，即使钱财掌握得大半个江山，最后也是归功于社会。我说的意思是，钱财是身外之物，官职也是生不带来，死不带去，只有心灵与感情还在人世间，只有温暖尚在世上。在生命面前，钱财算什么？前几天我到一个朋友处，当我打听另外一个朋友时，才知道他已经不在人世了，当时我是相当吃惊，他怎能说不在就不在了呢？几个月前，我还跟他约好明年出版散文集，谁知他忽然离开人世，真的让人吃惊，同时感叹人的生命力如此脆弱。想一想这个朋友，再想一想前面提到的朋友，他们之间有共同之处，就是对生命的态度。由此可见，生命有时就是一种旅行，累了就要休息。实际上想不开的事随时随地都有，干什么非要想不开呢？如果想不开赶紧去旅游，或到野地转转，哪怕是看看太阳也好啊。

我与时光共进退

时光是什么，时光就是生命力的展示，是进步的机会，更是独树一帜。有时光就有机会，有机会就有成功，就有扬眉吐气。

不知从哪一年开始，我对时光比较重视了，最初是写作，因为工作关系我必须挤出时间来写作，以此完成组织上交给的任务。我的写作与个人利益分不开，与朋友们约稿分不开，也与我的个人爱好分不开，更与当时社会实践分不开，由于有了这些分不开，也就有了我写作的条件。我不是见异思迁的人，也不是见钱眼开的人，我只是随遇而安，不想惹是生非。我写作的时候只需要一点时间，只要能让我在家写作，哪怕没有钱财，没有工作，没有其他干扰，我都会一心一意写作，一心一意生活。

多少年来，我的人生就是这样度过的，我选择了文学，选择了与众不同的生活方式。我知道文学带来的并不完全是愉快，有时也有烦闷，更多的是寂寞。我与时俱进，每天写出适应形势的文学作品。虽然我年轻受到干扰多，但我珍惜时间，因此在我的生命过程中，写作是占主要地位的。有朋友约稿我写作，有工作条件我写作，没有约稿我照常写作，在我的生命里写作已经成为我的一个主题，没有写作的日子是寂寞而无聊的，何况我拥有远见卓识，怎能心甘情愿败在乱七八糟的事物之中。我与时光共进退，目的就是要在写作方面有所建树，让人知道没有组织重视，我仍旧会写得光彩夺目，写出巧妙的故事。实际上写作的确是个人的事业，多少年来数不清的事实已经证明了这一点，组织上重视只是形式，真正成为作家还需要靠自己的努力。

现在的领导谁也不可能想到自己将来是哪个级别的领导，在他们生命的版图上，并没有记录什么时候当领导，什么时候有权力，他们只是帮助了一些困难群众，帮助政府机关做了一些事，于是得到领导者赏赐被提拔起来了。这样的经历不是每人都有，这样的领导也不是什么时候都有，更不可能随时随地出现在我们身边。然而这类愿望是有的，我也有，也希望有朝一日被哪个领导发现自己有才华，提拔自己到文学部门工作，哪怕当一个普通收发员也心甘情愿。可是这种愿望是好的，现实是残酷的，没有谁能碰运气，更没有谁能得到这种待遇，能得到这样待遇的人几乎是没有的。既然没有，为什么还有愿望，这就是与时俱进。时光是什么，时光就是生命力的展示，是进步的机会，更是独树一帜。有时光就有机会，有机会就有成功，就有扬眉吐气。

在时光的河流里，每一个人都有自己的线路，有的顺水推舟，有的有阻碍，能否前进就看如何对待时光。在一些社会关系中，有的人靠花钱获取利益，有的人靠政府官员获取利益，而有的人什么也不靠，他们只能靠付出的汗水和辛苦来获取利益，而这些利益得到的是微不足道。是他们无能吗？是他们没关系吗？是他们不懂得利用关系吗？不是，他们有钱财，有权力，可是他们不利用职权获取什么，这精神让人学习，让人振奋，有这些人在，国家就有希望，民族就有希望，社会就有希望，全世界就有希望。

没有幸福的幸福

每一个家庭都有幸福，这才是真正的幸福，每一个人都有月饼，都有愉快，这也是幸福。在这种情况下，幸福与月饼的故事不是更圆满吗?

如果有人问我什么是幸福，说实话我一时真的难以回答，一是我从来没有思索过这个问题，二是我不知道幸福是什么样，三是我对幸福并没有感受。在我看来，幸福似乎就是有钱人有权人的生存目标，与我这样的普通百姓距离遥远，所以平时生活我没有考虑什么是幸福，什么是苦难。当有人提出什么是幸福，我真的没法理解，没法说明，也没法表明自己的心态。

不是我不想幸福，是我根本不知道什么是幸福，小时候我只知道吃饱肚子不饿，长大后只想干什么有钱，对幸福是什么样没想过，也不知道想。现在看来觉得想什么有什么就是幸福，或者想吃什么就吃什么也是幸福，不论有钱财还是有权力，只要心里愉快就是幸福。对穷苦百姓来说幸福只是一种梦想，对有权有势的人来说幸福也是高不可及的，实际上幸福就是一种抓不到够不着的期待。社会变革，生活带给我们的并不全是幸福，有时遇到各式各样的苦难，在苦难中享受生活的人才知道幸福。其实幸福是什么谁也说不清，穷人想有钱，在他们看来有了钱财就是幸福。当官的想有权，在他们看来有了权力就有了一切，有了一切就是幸福。在我看来当我们亲身经历，或从侧面了解或听说，还有文学上的加工创作后的幸福感、幸福生活以及各式各样的幸福见解，这都是人为的幸福，才应该是是人们追求的理想。一个人对幸福的表现是什么样，对幸福的认识是什么样，对幸福的感受是什么样，用不着解释。(社会上各式各样有关幸福的感受和体验，包括感悟等等，哪怕怀疑都有幸福在其中。谁发现了幸福的秘密，谁让幸福降临，还有谁真正认识幸福，幸福就在身边。）这些看起来无奇不有的经历，都有幸福在其中。

于丹在介绍她的新书时说，幸福在今天似乎变成了比成功更奢侈的一件事，很多成功者费尽心机拥有了财富、名誉、权势，却蓦然发现自己恰恰丢掉了幸福。“缺少意趣与闲情的生活方式，往往会让我们在忙碌中失去自己的心灵。”那么，我们今天究竟应该以什么样的方式生活呢？她希望读者看到这本书后，能产生共鸣。“悠闲的情趣与生活方式并非要让人们闲置大把时光、放弃理想和责任，而恰恰是要让人们在建立价值的同时不要丢失自己。”她在这部书里写出很多感受，读者也是感受很多，比如谁能在闲适间找回生命本真？谁能找到生命的价值？幸福的感觉是什么样？这不是生活的艺术，是人的生存基础。有人说宁静是一种生产力，这话没错。还有“山水入怀，人生授课，胸怀天下，生命浩荡，品一品菜根的香味道，有肉不如吃菜，喝茶去”等等，都有哲学家的意味。

还有“自己写出的书自己介绍，走在田园，幸福就是愉快，没有知识就是愚蠢”。看起来是写哲理，其实很多都有人生感受在其中，比如很多人都在寻找幸福，甚至放弃任何事情外出寻找，结果寻来寻去也没找到。实际上幸福就在他们身边，只是他们并没注意自己身边有幸福，也不敢肯定自己身边会有幸福。有一句话叫“身在福中不知福”，就是说自己身边有幸福却不知道，还要装腔作势四面八方寻找幸福，结果到头来才知道幸福就在自己身边。自己原本很幸福，可是因为他们并没认识到自己身边的幸福，因此他们才四面八方寻找幸福，这种方式是否有赔了夫人又折兵的嫌疑，起码是相似的，或者说似是而非。一个人不论干什么都有幸福，没必要非要寻找幸福不可，即使找到幸福又如何，还是自己的幸福吗？在我看来，幸福就是日常生活，就是每天的吃喝拉撒睡，换言之，幸福就是随时随地都愉快。其实我想说的是，不要追求无聊的幸福，没有幸福才是最大的幸福。

上面的话是我为一家报社写出的有关幸福的文章，下面的《幸福的月饼》是我在中秋节写出的感受，两篇文章不一样感受也不同。

每年的八月十五，我都想到一个故事，这就是幸福的月饼。据说古时候，人们日耕夜作完全依靠日月判定时间，后来还根据月亮的圆缺制定历法。早在周代，帝王就有春分祭日、夏至祭地、秋分祭月、冬至祭天的习俗。而祭月时分恰逢收获的秋季，久而久之，中秋节就成为人们庆祝丰收、团圆的重要节日。古人为何选在八月十五月圆之时庆祝中秋节？

这与中国人自古以来的圆满情节有关。中国人自古崇尚以和为贵，圆形被视为最和谐、圆满的象征，而八月十五这天，正是古人认为一年当中月亮最圆的时候。此时不仅月亮圆了，庄稼也丰收了，一家老小要团坐圆桌加以庆祝。大家一起吃圆形的月饼，以及葡萄、西瓜等圆形水果，可谓万事圆满。而这种团圆的幸福正是人们所向往和追求的。实际上现阶段的中国人仍然如此，在中国人眼里，农历八月十五是一年一度的中秋节，也称团圆节。为什么现在中秋节会放假，也是对节日的尊敬，对自然的尊敬。

在我的所在地，过八月十五是比较讲究的，农村更是重视。杀猪宰羊，放电影，请社戏，还有各式各样的节目，如同过年一样热闹。实际上还有一个传说，有一个叫中秋的女子，曾经与一个叫幸福的小伙谈恋爱，可是被河妖抓走了。村里人为救他们，做了很多月饼扔进河里，压得河妖受不了最后将中秋和幸福放了出来，最终村子里一个叫十五的小伙和一个叫八月的小伙被河妖吃了……乡亲们为纪念他们每年八月十五就吃月饼。这个故事没有多少读者知道，可是经常让我想到很多事，很多人，他们心里想着与人为善，这是人世间最大的美德。现在的人，对善良并不重视，个别人心里只有钱财没有善良。其实从小到大，我都是在这种与人为善中度过，也是如此度过中秋节。但是随着年龄的增长，我们对中秋节的认识不同，过法也不一样。有月饼，有水果，有各式各样吃的就是幸福吗？我觉得未必，有钱财不是幸福，有节日也不是幸福，真正的幸福在人们心里。中秋节有据可考始于唐朝，文献记载始于宋朝，然而时至今天仍旧繁荣昌盛。每一个家庭都有幸福，这才是真正的幸福，每一个人都有月饼，都有愉快，这也是幸福。在这种情况下，幸福与月饼的故事不是更圆满吗？

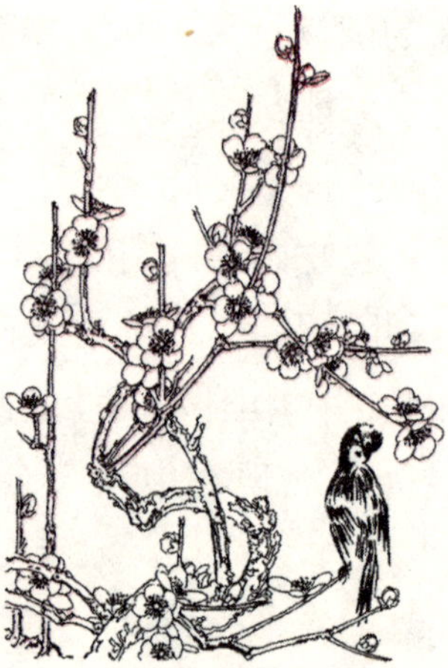

山不在高，有仙则名；水不在深，有龙则灵。

——刘禹锡

你的明天有多少

也许有人会懂事了，可是懂那些家长的心吗？失去了孩子如同丢失了灵魂，他们以后的生活如何度过？孩子的明天没了，家长的明天还需要吗？

很多人都有这样的想法，有些事可办可不办，还是等到明天吧。可是拖到明天他还是没办，于是又拖明天，明天复明天，明天何其多。类似这样的等待我也有过，但有些事的确可办可不办，有些事必须办，即使必须办的事也要拖泥带水，寻找借口。实际上明天的确很多，一个人拥有今天的同时也拥有明天，可是谁的明天能是永久的，谁能拥有所有的明天呢？为此，我经常劝告朋友们，还是将事办了吧，不要拖泥带水，不要等到明天。一个人的明天是有限的，最多能活百岁，可是你的明天有多少，你能活到超出百岁吗？如果不能超出百岁你的明天是可以数过来的，剩余并不是很多。既然知道自己的明天并不是很多，就要抓紧时间办事，能办的事不要拖泥带水，更不要今天推明天，明天推后天，推来推去就把人推老了。我看见很多朋友，年轻时搞写作，夜以继日，可是到现在也没有多少人成功。为什么没有成功呢？关键就是他们缺少持之以恒，缺少孜孜不倦的态度，更缺少对国家对民族的责任感，这样的人怎能有明天？办事又怎能不拖泥带水？

我不想过多批评这类人，毕竟这类人也是聪明人，可是这类人的办事能力实在让人不放心。其实我之所以写出这些话，完全是因为个别年轻人不听家长劝告，经常到河里野浴，有的就淹死在河里，造成无法弥补的损失。有一座城市，不到一个月，居然已经淹死了十几个学生，绝大多数不足20岁。多可惜的一朵朵花呀！多可惜的生命啊！就在瞬间阴阳两隔，这样的伤心事有多少人能承受。

所以我想说，不要不珍惜自己的生命，不要不珍惜自己的明天，你的明天有多少？也许今天活着，明天就不存在了。这就像三毛，她原本是要与大陆作家见面的，可是她忽然死了。有人说她是自杀，也有人试图寻找她死亡之谜，可是至今没有多少人了解情况。只有她的朋友们说她自杀原因可能是过于痛苦。可是痛苦就要自杀吗？这不是三毛的性格，三毛的明天可能会更好，然而她的明天终止于她的精神崩溃。坐在马桶上与世界告别，也许是她独树一帜，或者说是最好的离开方式。由三毛的死，想到现阶段的钱财关系不知害了多少平民百姓。实际上现在的人并不懂得珍惜生命，别看有的人活着，可是在这个世界上他们并不懂得活着是为什么，更不懂得生命是怎么回事。有时我思索，当大学生淹死时，为什么有人会提出挟尸要价，难道他们真的见钱眼开吗？难道在这个世界上钱财真的比生命重要吗？对他们来说也许是的，可是对学生的家长来说钱财算什么，孩子的生命重于泰山，没有孩子让他们怎样活？写到这里，也许有人会懂事了，可是懂那些家长的心吗？失去了孩子如同丢失了灵魂，他们以后的生活如何度过？孩子的明天没了，家长的明天还需要吗？

第二辑

记住雁子的队形

烟酒不分家，朋友们可能重视的就是友谊，现在看来茶也是如此，也有尊敬我的个人意愿。由此可见，品茶也是品人，品茶也是品社会。

记住雁子的

据说头雁是最辛苦的，它经常是顶风前行。有它在，后面的雁队才能顺利，而且省力气。途中遇险或累了时，还有其他雁替换它，谁的力气大，谁就在前面。

记住雁子的队形是有好处的，它们不论在什么样情况下，哪怕条件艰苦也是有队形的。其实我想说的是，雁子队形是指前面始终有一只大雁在前面飞，由于它的带头很多雁子才没有惊慌失措，始终不渝朝前努力飞翔。这种不屈服的精神就是我赞美的，也是至今尚未被人认可的。当一个人心烦意乱时，他在生活中的表现肯定会遭到嘲笑，然而这时表现的恰巧就是一种心态，实际上，我的朋友们就是这样的心态，他们这样完全是因为心理素质不稳定，如果记住雁子的队形还需要如此惊慌失措吗？还会被人嘲笑吗？

雁子是什么样的队形，每一个人都有印象，小学里就有这样一篇课文：秋天凉了，一群大雁往南飞，一会儿排成一个“人”字，一会儿排成一个“一”字。“一”字是什么形状，“人”字又是什么形状，其实二者代表着不同意义，也是我写这篇文章的目的。其实现在想来，一字形状是团结的象征，人字形状是排头兵的意思。不论队形发生什么样的变化，队伍不变，本质不变。雁子如此，人为何不如此？有时我就拿雁子队形与班组的队形作比较，我经常思索，现在班组的队形的确不如雁子的队形。雁子的队形是往前飞翔，人的班组往哪里飞翔呢？是人与人之间互相争夺吗？是为了那些数不清的钱财争先恐后吗？是也不是，不是也是。

实际上，雁队还有一个故事。据说头雁是最辛苦的，它经常是顶风前行。有它在，后面的雁队才能顺利，而且省力气。途中遇险或累了时，还有其他雁替换它，谁的力气大，谁就在前面。老弱病残的落在后面，假如有掉下来的，雁队还有最强有力的雁来照顾，直到它们重新飞翔。雁队的这个故事很少有人知道，人们看见的只是不断换队形，谁会想到雁队的风格呢？

看见雁队，不知为什么我想起了一个排头兵的故事，过去经常有人说火车跑得快，全靠车头带。可是现阶段的人并不重视排头兵，甚至不管不顾排头兵的作用，听之任之。其实，这是最愚蠢的做法，谁这样做肯定失败。一个政府不能没有形象，一个企业也是如此，哪怕一个班组也是要有形象的。不是吹毛求疵，形象代表着进步，代表尊敬，如果没有形象谁能看上你呢？一个人没有形象就没有人重视，一个企业没有形象也是没人重视，由此可见，形象的变化是何等重要。实际上我之所以写出这一段，重要的原因就是我曾经当过几年兵，知道团队精神是什么样，知道现阶段企业管理是什么样。我希望所有人都有团队精神，不要一盘散沙似的被人看不起。

就在这篇文章写出时，有一天早晨我跑步，发现有一只燕子趴在地上。我以为燕子在吃东西，当我跑到跟前时，发现它已经死了多时。它是怎么死的，没有人知道，我猜测它可能吃了楼房附近投放的老鼠药，否则它怎能死呢？鼠药本来是消灭老鼠的，谁知会害了燕子，想起上面的故事，更加觉得雁子的队形需要保卫，燕子与雁子同样需要保卫。

聚会是种虚荣心

我不敢保证我的每一次聚会都是心甘情愿的，有时我也是被迫的，不去不行，看人家都去自己不去面子上过不去。由此可见，不仅他们有虚荣心，我也是有虚荣心的，有时还需要一点儿弄虚作假，以此来告诉一些朋友们我也是有势力范围的。

现在的人聚会有几种形式，一种是有钱的，一种是有权的，另一种就是拥有闲情逸致的，这些人聚会在一起就是一种虚荣心。不是所有人都有聚会心理，有的人根本不想聚会，即使聚会了也是心有余悸，他们害怕花钱，害怕被人误解，更害怕被人暗伤。不是没有暗伤，只要有人聚会就有小团体，就有暗算，有能力的在聚会上显露头角，没有能力的就会被暗伤，这样的聚会谁愿意参加呢？可是有人就是愿意参加，隔三差五他们就要聚会一次，也许这就是他们闲情逸致的原因，至于聚会干什么没人考虑。

当今社会有三大种聚会，一种是由政府部门组成的，一种是由私人组成的，一种是由各式各样协会组成的，这些聚会实际上就是一种社会关系的体现。表面看他们是一群小团体，其实他们就是社会存在形式，有他们社会关系兴旺，没他们社会关系暗淡。如果说社会是一个历史大舞台，他们就是那些各式各样的角色，是演员，舞台需要他们，社会同样也需要他们。然而聚会有时是会给自己带来压力的，带来数不清的麻烦和烦躁，看着他人取得成绩自己一事无成很是愧疚，这样的聚会真的让人烦恼。

聚会有时是展示自己，有钱的在众目睽睽下拿来钱财，赢得很多人的羡慕。我就见过这样的人，越是在人多时越是表现自己，实际上这就是一种虚荣心，在他们身上已经没有其他物质可以表现自己，只有钱财成为表达式。我与他们不同，可能我没钱，对交际花般的生活方式也反感，所以在任何场合我都不张扬。即使有钱，按我的性格也不可能张扬，我的虚荣心就是沉默。如果说聚会，我是最不愿意聚会的，一是没钱乱打点，二是没权张扬，三是衣锦寒酸，四是没时间陪同，五是没目的求和，六是没目标，七是习惯隐藏，八是不想抛头露面，九是喜爱安静，十是不愿随波逐流。实际上还有很多不愿意，在我看来，谁愿意聚会谁聚会，与我何干？聚会有很多讲究，官职高低，钱财多少，文化教育与社会关系，都有各式各样的区别，聚会一次就能看出等级。因此我经常思索这是聚会还是压迫？是友好往来还是显示自己？或多或少都有，这个世界是由聚会形成的，没有人不聚会。

聚会是有各式各样好处的，起码能沟通信息，交流感情。然而聚会更多的是一种外表的展示，并不是真正的能力展示，有些人在聚会时走来走去希望有人看见自己，有些人聚会躲藏在角落不想被他人发现。什么样的人有什么样心态，什么样心态决定什么样的世界观，什么样世界观决定什么样的处世哲学，尤其是在钱财面前处世哲学更显重要。为什么聚会一个接一个，为什么不论权力大小，钱财多少，每天都有数不清的人在搞聚会，一是为财，二是为自己，更多的则是一种负担。我不敢保证我的每一次聚会都是心甘情愿的，有时我也是被迫的，不去不行，看人家都去自己不去面子上过不去。由此可见，不仅他们有虚荣心，我也是有虚荣心的，有时还需要一点儿弄虚作假，以此来告诉一些朋友们我也是有势力范围的。既然聚会是一种虚荣心，不妨就将这种虚荣心延续下来，让更多的人都有这种虚荣心，友好往来不是更好吗？

带着人生写散文

我发现个别作家不知道自己写什么，更不知道自己应当写什么，加上出版社或出版市场并没有完全的格局，所以作者写出的散文集就有限制。

不论我写出什么样的散文，都有我关于人生的思索，对生活的感受，这是我写散文的重要原则。我不追求散文的大题材，不追求散文的大气魄，我只是写出散文的大生活，写出散文的大目标。不论写出什么样散文，都离不开我的人生，离不开我对生命的思索，离不开我对社会变革的感受。生命与思想，社会与人生，成为我散文的主题。实际上，现在的作家绝大多数在写旅游散文，写出他们到一个地区的感受，为所在地区歌功颂德。这类散文没意思，我极少写，我写充满朝气的时代，写充满人生努力的阳光个性，写充满社会变革的悲欢离合，写充满欲望的喜怒哀乐。

散文很小，有时小得不被重视，读者视而不见，加上散文本身的小，篇幅的小，造成绝大多数读者离它远去。然而中国作家仍旧努力写着，他们随时随地将自己对生命的感受写出来，给中国文坛增添光彩。我也是一样，也在冷嘲热讽中写出许多散文，近两年我出版了几部散文集，还有几部正在出版。我写出的散文追求时代感，带着自己的人生经历，突出自己的思想，突出自己的人生感叹。我想把它们归纳几条经验贡献给朋友们，让他们在写作散文时有一个参照，证明我写出的散文的确名副其实：

跟随时代脚步，写出充满朝气蓬勃的散文

在散文领域我不是新兵，从我出版第一部散文集至今有20年历史了，所以我没必要谦虚没必要谨慎，没必要保持沉默。我想说的，我想写的都在其中，没必要隐藏，没必要把自己固定起来。幸运的是，写散文多年我从来不跟风，感动我的我写，不感动我的给钱也不写，我的性格与我的人格凝聚在一起，这也是我至今值得骄傲的一点。我不像个别人上面来了任务就去写，也不像个别人为了达成某种目的而随波逐流。在我看来散文就是人生的宣言，我就是我，散文就是散文，里面有我的人生，有我对生命的感动。

然而，时代的脚步在哪里，写出什么样的散文算是跟随时代，的确是一个严峻的问题。我在写散文中，经常遇到的问题就是不知写给哪个读者，是为青年人写，还是为自己写，有时我把握欠妥。给青年人写散文，我在作品中写一些进步的主题，虽然有些过时，但现在读后仍旧鼓励人的精神，我想，这样写出的散文具有社会意义，并且郑重写出自己的人生经历。不是我想为自己的人生经历吹牛皮，实际上是在写散文时顺水推舟推荐出来，或多或少也是写散文集时的感受，如果都写历史散文不顾现实甚至与时代脱离，这样的散文别说年轻人不愿意读，就是其他人也不愿意读，谁不愿意读一篇充满传奇色彩而又感动的文章呢？现在讲大道理没用，只有靠法律才能办事，带着人生写散文就是不脱离实际，不脱离社会，更不脱离自己，如果连自己的生活都脱离了，这样的散文有意义吗？这样的散文还能吸引读者吗？有人说，散文是少年的游戏，我点头同意，然而散文又是成熟者的智慧，会写散文的人经常将聪明才智聚集在散文里。在中国一百多万的作家中，写散文的人占绝大多数，而且哪个作家都有优美作品，哪个作家都有经典文章。在我看来，散文家就是思想家，没有思想写不出散文，写出的散文一定充满思想。

实际上，跟随时代的脚步，不是不要自己的人生。越是本土的越是世界的，越是自己的越是全球的，还需要怀疑吗？一个人有多少经历，有多

少思想感情，有多少难忘事件，有多少交际，有多少朋友，都有想表达的欲望。一个读过我的散文集的人对我说，你的写作特点是：先写挫折，接下来写困难，然后写出成功，写出进步，这就是经验。我微笑而对，他说得对极了，我的确是这样写的，而且每篇都有这样的特点。然而，我又让它们每篇不同，感受不同，思想感情也不同，这又是散文的特殊性。绝大多数作者写散文，只是写出旅游类文章，并没有将时代特点写出来，并没有写出充满朝气的特殊性，这是应当注意到的。

坚持自己的思想，写出充满生活气息的散文

写散文一定要有自己的思想感情，独树一帜，扬长避短，这是我写散文最基本的原则。我写散文时还需要努力寻找感动自己的题材，并不是随便拿来一个题材就写出来，按照我的经验就是寻找感动自己的思想感情，有了这个基础我的散文就有了灵魂。在我看来，思想与生活紧紧相联系，人有思想等于有了目标，有目标才能有结果。假如一个作家写出的散文没有生活，没有思想感情，没有生命的感动，这样的散文即使写出来也是缺少灵魂，缺少思想性，如何感染其他人呢？

在这里，有一个问题，这就是如何坚持自己的思想，写出充满生活气息的散文。现实社会充满挑战，稍稍不注意就有可能成为敌人，是谁的敌人有时都不知道，莫名其妙当了阻碍他人的绊脚石，这是多么危险的事。而写字也是一样，也是充满挑战的，越是想超出别人写出的文章越是超不出范围，越是想方设法达到目的越是达不到，这就是挑战。我的经验是，带着人生写散文，充满挑战。换言之，没有人写出的散文会与你写出的散文相同或相似，人生经历不同写出的散文也不同。我的经历与别人的经历不一样，写出的散文肯定也不一样，更不可能有相似之处，这就是带着人生写散文的真正含义。

曾经，我写出的散文被人评论，他们说你的散文有思想，与其他人写出的散文不一样。是的，起初我写散文就是想表达自己的思想感情，心里有什么想法就在散文中表达出来，我个性鲜明，开门见山。然而，我写出

的散文又是独树一帜，他人没有，或者说他人写不出来，只有我才能写出这类散文。值得多说一句的是，我是以写小说为主的，散文实际上是我的副业。也许就是在写小说中兼顾写散文，所以我特别看重思想性，始终坚守自己独树一帜的思想感情，写出充满生活气息的好散文。为此，我的散文早在20多年前就在报刊上发表，入选书籍，并且获奖，只不过我不愿意被人宣传，所以至今没有出名。当然，出名也不仅仅靠宣传，关键还要靠优秀的散文，这也是我写出《让作品说话》的重要原因，也是作家保持清醒的关键。我很清楚自己在写什么，也知道自己写出的散文很有必要，可是我不去出风头，更不可能炒作，我只是一心一意写散文，一心一意去生活。

拥抱生活，写出充满个性的散文

人生有时就是一辆车，滚滚地来，滚滚地去，登上车的顺利，登不上车的不顺利，然而登上车与登不上车的，他们都有自己的生活方式。生活是一个大染缸，有什么样的人就有什么样的文，作家也是一样，有什么样生活也就有什么样的散文。写小说的，写散文的，写诗歌的，都有自己的一片天地，这就是生活。人是不可能没有生活的，不可能没有个人经历，有什么样的经历就有什么样的生活方式，可以说这就是个性。对作家来说，有生活不行，还需要个性，只有写出充满个性的散文才能适合读者。很多日子里，我写出的绝大部分散文作品就是在生活中充满个性，也许这就是拥抱生活的好处，这样的散文能不被读者欢迎吗？

现阶段很多散文都有脱离生活的现象，有时为了让个别地区或领导者高兴，故弄玄虚写出一批歌功颂德的假散文，让绝大多数读者误以为这个地区十分繁荣。实际上，这种写作方式是我最反对的，也是至今不愿意写的。其实，我写散文就是心里有话想说，心里有感动想表达，尽可能写得亲切一点，完整一点，哲理一点，生活一点，让人读后感到是这么回事。换言之，我写出的散文充满个性，我敢说，在中国文坛没有几个人写作与我相似，也没有几个作家写出的散文与我有共性。我就是我，散文就是散文，思想独树一帜，个性也是独树一帜。可以肯定地说，我的散文个性就是我的思想感情，我的生活方式，我的创作灵感。

在我的散文里，经常会涌现一些让人思考的东西，同时也提出许多问题让人思索。不是我有意写挫折，写失意，写坎坷，实在是生活中有很多问题引人关注，如果都是好的，都是歌功颂德，还需要我写散文吗？还需要我歌功颂德吗？算起来，不论是已经出版的，或尚未出版的，20 年来，我写出的散文集起码有十几部了，过去几年一部，现在一年几部，平均一年一部也差不多。归纳经验无非是一个，拥抱生活，拥抱生命，拥抱我们这个社会主义国家，才能写出充满个性的散文集。我敢肯定地说，不论什么样的作家，当他的思想感情与社会变革相联系时，都有奇迹发生。拥抱生活，写出充满个性的散文，这是所有作家希望的奇迹。中国是一个散文大国，自古以来就涌现无数的散文大家，可是现阶段的散文缺少的就是个性，缺少的就是生活。我想提醒的是，个性就是天才，个性就是思想感情，个性就是世界观。有什么样的世界观就有什么样的个性，有什么样的个性就有什么样的散文。

尊敬文字，写出充满敬仰的散文

写散文时间久了就会产生一种对文字的尊敬，不愿意乱写一气，不论什么题材的散文都要思索一下，看看从哪里动笔更合适。过去写散文随心所欲的比较多，自己想写什么就写出什么，根本不顾其他人的感受，结果虚多实少。实际上散文越是贴近生活，贴近读者，贴近社会，越是让读者拍手称快；越是贴近心灵，贴近人生，越是让人叫好。经常写散文的人特别注重自己写出的文字，他们不是随心所欲，不是沾沾自喜，而是愉快写作，尊敬每一个文字，这样用心写出的文字就有力量。

需要说明的是，我写出的散文篇幅不大，绝大部分是贴近生命、贴近心灵的小品文，与那些气势磅礴的散文相比更显弱小。然而我不认为它小，越小的有时越大，这是自然规律，也是生活规律，更是写作规律。在我看来，越小越不好写，越小越是浓缩度高的精品。我的小品文就是在这种状态下写出来的，所以我尊敬文字，尊敬我写出的所有文字，毕竟文字里有我的思想感情。就“尊敬文字”四个字来说，我是有愧的，曾经没有很好地尊敬文字，至今仍旧有很多作品还需要认真修改。为什么一年内会有几部书稿或一百多篇作品同时贡献，主要原因还是以前写出的作品，只是整理时将它们收入书中，造成一年写出很多作品的假象。实际上，有的作品早在20年前就写出来了，只不过没机会出版，或没报刊发表，现在忽然涌现让人感到写得多。

其实，写得多不是目的，写得好，写得巧才是目标。过去看作者简介时，看到他们写出的作品不过是几十万字，最多的不到二千万字，于是我嘱咐自己多写出一些作品。尤其是现在有了电脑，使用文字更加便捷，错别字少了，稿子质量提升了，然而这更需要尊敬文字，更需要掌握文字的含义。写作是一个字一个字写出，一个字要有一个字的作用，用王蒙的话说就是一个字要砸出一个坑。我看过数不清的文章，发现绝大多数作者并不尊敬自己写出的文字，拿来就写，对于自己写出什么他们并不在意。也许有人会辩解文字是编辑的事，与作者无关。此言差矣，文字是作家最大的事，写不好文字就是缺少灵魂、缺少思想，这样的散文会受到敬仰吗？

激活想象，写出充满历史意义的散文

想象对作家来说是最重要的，没有想象难以成为作家，没有想象也写不出好作品。有时候我发现，很多作家写出的散文绝大多数是照抄历史，没有思想，没有新意，很难与社会变革相联系。他们不知道，写历史散文是最需要想象的，不要以为有了历史知识就等于有了文学作品，从历史知识到文学作品还需要一个过程，这个过程就是想象的过程。为什么有的作家写出很多作品没有成名，有的作家写作多年也没有成就，其中重要的原因就是缺少想象，这是最见作家才华的方式。如果没有想象，即使再有才能的作家也写不出充满历史意义的散文，写不出激励人奋发图强的优秀作品，更写不出充满浪漫主义的现实作品。

带着人生写散文，就有很多回忆的形式，绝大多数作者都有对过去经历的怀念情结。我也一样，然而我更喜欢写充满现代意识的散文，具有丰富多彩的生活，我想，类似这样的散文更让我怀念。人在最无聊的时候会想许多事，甚至会把自己过去的一生都要回顾一番，以此寻找能够安慰自己不安的心。然而岁月的有效期并没给人带来什么好处，于是就有了珍惜，有了回忆录。

在多年的写作中，我是最有想象力的，我的想象力到什么程度，就是一天能写出一部小品，一小时能写出二篇小小说或小散文。当然这里面有我的刻苦，有我的努力，其中还有我的想象，没有想象我是不可能有这样成绩的。比如写出这篇文章，只不过用了我三个小时，加上一些修改就写出来了，这是因为心里有，如果心里没有即使再能想象也是不可能写出的。我这人个性鲜明，如果看清有人欺负我，我会一辈子都不理他，不同他交往。然而我又具有男子汉的义气，遇到什么样困难我也会挺身而出，诚心诚意帮助朋友们，帮助那些希望被我帮助的人，哪怕这个人曾经对我不怎么友好我也是如此。其实，人这一辈子是最艰难的，不论干什么也不容易，因此，人与人之间就要互相帮助，友好往来，这样生存才能有意义。

连续出版几部散文集后，我不再着急赶作品了，而是一篇一篇地写出有力量的作品。也许这时我才找到关于写散文的途径，找到了灵感，找到了属于散文的思想感情。写作不可能草率行事，要有自己的章程，有感而发，震撼心灵。于是又回到了人生，回到了带着人生写散文的主题。不知其他作家是如何写出来的，我的经验就是如此，就是写出自己的人生，写出自己的感受。带着人生写散文，就是要写出一片天地，写出波澜壮阔，写出无与伦比，写出感动心灵的优秀散文。我想我就是这样的人，就是这样的个性，也许这才是我真正写散文的主要原因。带着人生写散文，是我的经验，也是与其他作家共有的生命感叹。

写出以前散文的观点是为了纪念

近几年来，我一直在为散文思索着，研究着。我觉得散文应当有自己独特的艺术个性，应当有自己的特点，更应当有自己的存在形式。在我看来，写出的文章要有自己的观点，这样读者才能在阅读时知道作者表达了什么样的思想感情，一部散文集写出了什么，体现了什么，代表了什么，反映了什么，都有着观点在说服读者，实际上，这些观点就是作者的思想感情。所以观点是作者对社会的判断，是散文集的精华，散文集就需要这样的凝聚社会变革的图像。一部散文集不仅是作者的一个句号，也是读者希望获取的更新知识，优秀的散文会让读者赏心悦目。我希望自己写出的散文集具有这种特殊性，具有先进的思想内容。

我希望自己提出的观点能被读者接受，希望自己的思想感情能够获取读者的好感，或多或少帮助他们努力向前。一部散文集是否有读者品读、欣赏、关注，关键就看作者写出了什么观点。现在的人思想飞跃，无时不在激烈碰撞，而散文尤其突出。现阶段的散文谁都可以写，上至中央领导，下至平民百姓，官员写，百姓写，专家写，草根写。激励人斗志昂扬的散文充满各式各样的思想感情，真正表达出思想家的观点，给社会变革作出总结，给人类社会带来先进思想。然而，散文集的观点归为各式各样的文学类型：政治类、社会类、经济类、文化类、争议性、批判、前瞻等，读这样的散文集是否具体，是否还需要统一思想，实际上是没必要的。散文写什么，散文怎样写，这些都没必要，作者已经深思熟虑，用不着对他们指定什么应当写，什么不应当写。比如写真实就是其中之一，在多年的写作试验中，我发现越是在生活中存在的事，写进作品中越是显得不真实，越是生活中没有的事，在写作中越显得真实。也许这就是艺术规律，这就是写作的效果。

如果有人问我最近写什么，我会坦白地告诉他们，我在为明年写散文集。近两年我写出很多散文了，已经确定出版。可是我还想多写出一些散文集，只好抽时间多写出散文了。为明年写散文集就是典型的借口，同时也是我的一个观点，我发现个别作家不知道自己写什么，更不知道自己应当写什么，加上出版社或出版市场并没有完全的格局，所以作者写出的散文集就有限制。一个作家一般是几年才能有一部散文集，可是我与他们不同，一部散文集出版后我再接再厉写出第二部、第三部。只要抓紧时间写作，肯定会有所收获，而我们的作者恰巧缺少的就是这种适用出版社或出版市场的写作方式。

现在的作家想方设法赚钱的多了，可是赚钱并非一朝一夕，也是要经过考试的，首当其冲就是写出的作品如何。好书稿自然有人要，不好的书稿没人要，也没人理睬，想赚钱就是在好书稿中选择，这就是典型的考试。有名是一方面，好书稿又是一方面，出版社或出版公司也是要好书稿的，如果有一位得心应手的书商经纪人更是锦上添花。可惜，中国唯独缺少就是这类经纪人，很多作家为了写作，或者说为了赚钱心甘情愿当起书商，换言之，就是书稿贩子。只不过他们水平差得太多，并不可能代表中国作家的写作水平，即使有几个适应了这种形式，也不可能获取最大效益。所以我呼吁，作家经纪人多多涌现，尽可能让作家富起来。

学无止境。

—— 荀子

品茶也是品社会

烟酒不分家，朋友们可能重视的就是友谊，现在看来茶也是如此，也有尊敬我的个人意愿。由此可见，品茶也是品人，品茶也是品社会。

经常有朋友请喝茶，有时去，有时不去，然而，我的喝茶历史很长，从小我就喝茶，记得我外祖母爱喝茶，而且喝得小街有名。凡是从外地回来的人，一般都要给我外祖母带回一包好茶，有的就是砖茶。也许从那时起，我就知道茶是什么，每次外祖母喝完茶时，都要让我涮茶杯，有时看见杯子里有茶情不自禁喝下几口。外祖母见此就斥责我，想喝就喝好茶，喝凉茶会坏肚子。由于我年龄小，也不知道什么是凉茶，只知喝，有时喝了凉茶肚子疼痛，又不敢对外人说。

有一次，我又喝茶，被外祖母发现当场斥责："你知道什么是茶吗？就你这样的人如果不知道茶，不知道为什么喝茶，长大了也不可能有出息。"我不明白喝茶与长大了有什么关系，但只要有机会，有茶我都要喝，即使外祖母斥责也照喝不误。我的喝茶历史就这样形成了，每当有人请我喝茶时，我都先询问主人请我喝什么茶，不好的茶我是绝对不喝的。然而现阶段朋友请喝的茶也不是最好的，因为他们生活水平并不算高，一斤茶还需要花很多钱。如果是有权的朋友们还好说，如果是困难的朋友请喝茶就等于抢他们钱财了，这样的茶哪能有闲情逸致喝呢？时至今天，茶在人的日常生活占有一席地位，好像没有茶生活中缺少什么。

其实，小时候喝茶与长大喝茶是不一样的，小时喝茶只要解渴就行，现在喝茶是需要讲究的。尤其是讲究哪里水源好，哪里水源不好，哪里水源清澈，哪里水源充足。讲究多了，喝茶也有了经验，与朋友们论茶时也略知一二，引得他们刮目相看。有人提出品茶也是品人，对此我赞成，茶如人，人如茶，人茶不分，这也是千古之道。讲究喝茶的人也讲究茶叶，讲究茶叶，更讲究茶道，有什么样的朋友讲究什么样茶具，有什么样爱好讲究什么样茶花，处世哲学不同喝茶方式也不同。为人淡定者喜欢茶的清香，为人张扬者喜欢茶的杯具，为人诚实者喜欢茶的味道，为人虚伪者喜欢茶的环境，不同世界观的具有不同的茶座。

为人处世最重要的就是交朋友，朋友如茶，如水，如鲜花。有什么样的朋友就有什么样茶道，朋友们是经商的珍惜钱财，朋友们是写作的珍惜时间，朋友们是官场上的珍惜关系，我与朋友们只是一种交际形式，就是你尊敬我，我尊敬你，友好往来。每当去朋友的单位时，朋友都要为我张罗一杯好茶，我告诉他们我不喝茶，不必费心了。实际上，我是不想占朋友们便宜，哪怕一口茶，一杯酒，一顿饭菜，只要是白吃的我就拒绝，我希望朋友们能理解我这种行为。可是朋友还是为我泡好了茶，尽管我不喝，我还是感激朋友们，感激他们对我的尊敬。这种尊敬让我想起了吸烟，本来我是不吸烟的，多少年来我不吸烟，可还是有数不清的人送我烟，他们认为这样做就是尊敬我。他们知道我不吸烟，如果在众目睽睽下，所有人都有，唯独我没有，他们会以为我不被尊敬。尤其是当有外地人在眼前时，他们更是如此，只要有人拿来烟，肯定有人会问我要不要，直到我摇头为止。烟酒不分家，朋友们可能重视的就是友谊，现在看来茶也是如此，也有尊敬我的个人意愿。由此可见，品茶也是品人，品茶也是品社会。

在读书的跑道上

对于读书，我真想说很多，是读书害了他们吗？是，也不是，都有一点，都有读书的作用力。可惜他们并没有认真读书，如果读书好了办法总是有的，也不至于……

在读书的跑道上，经常碰到很多不适合自己读的书，我将此总结三点：一是与自己行业不同的书不适合阅读；二是价钱过高的书不适合阅读；此外就是不熟悉的作家写出的书不适合阅读。什么样的书值得阅读，对此我仍旧总结三点：一是名家的书，二是熟悉作家的书，三是朋友们的书。有了这三种书，对于其他书阅读的机会就少了。在我看来，书读多了心也复杂了，对社会对事物的看法也与众不同。然而我读书只是一种消遣，读书就是读书，用不着多想，更不想让自己的头脑变得复杂。可是读书是需要思索的，如果没有思索还需要读书吗？在读书的跑道上，我们是同步的，起点都从无知二字开始。

因为是学生，我们都会无知，因为无知，我们是学生。学生读书是无限制的，有限制的读书是不行的，在读书的跑道上，不是所有读者都在路上，有的可能尚未找到路线。在读书的跑道上你我是平等的，我经常劝告自己的小侄多阅读，哪怕有点时间也要多看几本书，为的是以后生活顺利。然而另一方面的问题也是值得人思索的，多读书就会生活顺利吗？未必，读书只能开阔视野，使人思索，想多了烦恼也就来了。与朋友们交谈，极少畅谈人生感悟，就是有感悟也浪费在烦恼中。在读书的跑道上我们是平等的，然而读多读少已经不平等了，思索问题的能力也不平等了，选择读书的时间也不平等了，接下来应用于生活的知识也不可能平等了。由此可见，在读书的跑道上，我们起点相同，结果不同，而且各式各样。然而另一方面显而易见，谁知道生活情趣有哪些？怎样做闲人？你会弹琴吗？如果有一壶酒你将怎么样？还需要送你半杯茶吗？带着这些问题去读书，去思索，无知变成有知。

因为不读书，人世间绝大多数的眼睛是“红”的，他们像北京兔一样，看不起这个，看不起那个，看这个有钱他眼红，看那个有权他也眼红，哪怕人家得点什么好处他也是眼红，实际上这就是一种红眼病。如果人世间总有这样的人还能有好吗？这样的行为就是因为不读书造成的，不读书心里没办法，遇事得过且过，甚至于出尔反尔，说长道短，即使最有成就的人也被他们看不起。在读书的跑道上，我不愿想入非非，可是也不想被人看不起，于是读什么样的书比做什么样的人更重要，这就是现在中国人的特色。很多时候我是得益于读书，读书没有贫贱之分，读书没有权势之分，读书也没有高低之分，读书让我有自知之明。前不久，听说有几个曾经是文学院的学员，他们因为各式各样的原因结束了生命，对此我忧心如焚，为什么选择这种方式呢？记得有一次吃饭时，我看见他神情忧郁，别人都在聚精会神地吃饭，唯独他什么也不吃盯着餐桌发呆。当时我就问朋友们他怎么了，为什么不吃饭？直到今天听说他选择结束生命后我才恍然大悟，原来他早有准备，是对自己的前途丧失信心还是对文学丧失耐心，我认为他的书是白读了。同在读书的跑道上，谁读书是顺利的？谁的写作是顺利的？谁有多少一帆风顺？对于读书，我真的想说很多，可是现在又感到无奈，是读书害了他们吗？是，也不是，都有一点，都有读书的作用力。可惜他们并没有认真读书，如果读书好了办法总是有的，也不至于……

一首长诗让心动

一首小诗发表困难，一部长诗还能发表吗？即使能够发表其中困难也是可想而知。可是我的朋友却写出一部长诗，这诗写得天花乱坠，写得五彩缤纷，虽然语言上有些并不优美，但情节上却让读者感受深刻，而且有意外收获。

朋友写出一部长诗，可以说这部长诗在中国文学史上占有一席地位，出版社和编辑部给予很多评价，朋友也是满面春风。是的，能够写出如此长诗，在中国文坛的确少见。然而，当我得到这部长诗时，发现有问题。有什么样问题，是作者的吗？还是文字上的，或者说是出版社的，总而言之，各式各样问题都有。实际上，是作者的世界观问题，他没有摆正自己在文学界的地位，以为自己是天下第一。这可能吗？你凭什么第一？凭你写出一部长诗吗？难道其他人没写出长诗吗？其他人不如你写的吗？

有一位朋友问我：诗人为什么爱写诗？我觉得这是一个奇怪的问题。诗人为什么不写诗呢？实际上，诗人写诗是爱家乡引起的情感，因为爱，所以写。其实还有人并不爱家乡，可能是家乡的人带给他的是灾难，所以不喜欢也是理所当然。我看见很多诗人都有写家乡的诗歌，诗歌是中国自古以来保存下来的文化艺术形式，没有人不喜欢，只要是中国人都会写出几句诗的。我的周围，总是有几个写诗的人，每天他们摇头晃脑，为几句所谓的诗弄得神经过敏。有时我劝告他们放下诗吧，去干点自己喜欢的事，可是没有人听我的劝告，甚至拿我的劝告当耳边风。

也许经常在图书市场里钻，对图书市场了如指掌，因此当有人想方设法出书时我告诉他们放弃诗歌。我曾经说过："诗歌可以在报刊上发表，但不可能出书，因为没有市场。"我指的是图书市场，可是有人却以为我是在嘲笑诗歌，甚至有人对我提出抵抗。实际上我说的是实际情况，诗歌现在行情的确不好，诗人遍地开花，诗歌遍地开花，可是心灵上仍旧没花可开，没花可放。不是我看不起诗歌，我们要面对艺术市场，小时我就是写诗能手，很多人都叫我小李白，而我写出的诗歌也受到好评。为什么不写诗呢？重要的原因是写诗并不能让我说明想说的一切，不可能完全表达我的想法，因此多年来我是不曾写诗的。

一个人在社会中生活，接触到的总有诗歌成分，因此他的所在地就成为诗的源头。这样想来，写诗就成为他的主要爱好，成为他生命中的重要部分。有人经常提出写作是为赚钱，可是真正赚钱的有几个，那些能赚到钱的也是炒作，尤其是那些上了作家榜的人更是寥若晨星，甚至有人弄虚作假。其实写出一篇小说或散文并不容易，能够在哪个杂志发表更不容易，有的杂志给稿费，有的杂志没稿费，生存都有困难怎能给稿费呢？面对这些现象作家就要给予理解，尤其是写诗的人，面对困难理解他们，小说不容易，诗更不容易，眼下搞活经济的人谁还需要诗呀？谁还有闲情逸致处于读诗中？然而，没人读诗却有人写出长诗这就让人感动了，一首小诗发表困难，一部长诗还能发表吗？即使能够发表其中困难也是可想而知。可是我的朋友却写出一部长诗，这诗写得天花乱坠，写得五彩缤纷，虽然语言上有些并不优美，但情节上却让读者感受深刻，而且有意外收获。

乐观地面对苦难

在苦难中认识苦难不是更好吗？在苦难中提高不是更有发展吗？不要以为苦难只是针对个人的，有时也是针对一个时代、一个社会的。

不要以为世界没有苦难，几乎每一个人都有苦难，只不过经历不同，承受的苦难也不同。面对苦难如何生存，这是检验所有人的试金石，乐观度过苦难是一种，躲避苦难也是一种，享受苦难是一种，干扰苦难也是一种。有苦难就有生活，有生活就有苦难，没有没有生活的苦难，也没有没有苦难的生活，生活的苦难与苦难中的生活是一回事，也是两回事。生活中的苦难有人碰到，有人碰不到，苦难中的生活是所有人必须面对的，必须拥有的，由此可见，乐观拥有苦难与如何面对苦难并驾齐驱。

如果说世界上有苦难，什么算是最大的苦难，失去双亲是苦难吗？没有亲人是苦难吗？其实这并不算苦难，真正的苦难是被人压制，有能耐而不被重用，有才华而无处显示，每天过没有自由的生活，还要遭到那些没有才能人的迫害。换言之，一个有才华的人没有机会显示自己，没有人欣赏他的雄心壮志，这是最大的苦难，也是最大的悲哀。有钱算什么，有权算什么，有关系又算什么，只有没有才华才真正算什么。写到这里时，有的读者肯定明白我的意思了，我是在劝告乐观面对苦难。有苦难算什么，谁没有苦难呢？世界上没有没有苦难的平民百姓，也没有没有经历过苦难的领导者，有权与有钱都有苦难的故事。

在哲学家看来，苦难是生活的一杯酒，有它在生活会发生变化，没它在生活孤单无足轻重。有一句话，家贫出孝子，国难现忠臣。这话现在看无足轻重，可是在任何时候都有意义，都有一种精神去帮助苦难的人渡过难关。可以说，苦难是激励人进步的方式，经历过苦难的人能经历过世界上任何困境，他们最能了解苦难百姓每天在想什么，知道百姓的苦难生活，帮助百姓解除苦难。我欣赏哲学家的话，也曾在苦难中度过岁月，知道苦难是什么，了解苦难情况，或多或少影响着自己对苦难的认识。

有时候我在想，我现在的生活算不算苦难？我经历的故事算不算苦难？是苦难如何，不是苦难又如何？在苦难中认识苦难不是更好吗？在苦难中提高不是更有发展吗？不要以为苦难只是针对个人的，有时也是针对一个时代、一个社会的。如果全世界都有苦难，这个世界还算和谐世界吗？如果全世界没有苦难，这个世界还算和平共处吗？由于对苦难的认识不同，各式各样的措施也不一样，先进的国家讲究的是法律，落后的国家讲究的是经济，在他们看来，只有经济落后才是苦难的。实际上贫穷不是苦难，法律才是真正的苦难，毕竟这是强人所难，用法律来固定人世间的最大苦难，这才是真正的苦难。

锲而不舍，金石可镂。

——荀子

窗台有盆多情花

在这个世界上，很多男人为女人奔波着，到头来他们得到的仍旧是无限痛苦，面对未来他们后悔当初没把自己的女人当回事。

很久以前，有一个男人喜欢在窗台上放一盆花，有人不理解，一个男人怎会放一盆鲜花呢？其实，人们不知道这窗台上的花还有一个故事，还有一个主人公。并非男人喜欢花，而是男人喜欢花的主人。花的主人与男人是同学，算是青梅竹马，由于毕业后他们天各一方，女人送男人一盆花，象征他们的爱情。谁知一年后女人病故，剩下男人只有怀念，看花怀念。

其实，这个故事感动读者的不是花，而是男人的心。很多小说，或故事片，都有男人负心的片断，实际上并非所有男人都如此，也有对女人忠诚的。前几天看电视，一对夫妻出了车祸后，当救护队上前时，男人用他轻微的声音说："快救我的妻子……"在他的要求下，救护人员先救了他妻子，可是他的妻子已经遇难，而他也伤势严重。虽然这句话很普通，但他的精神让人感动，在危机四伏的车轮下他并没有想自己，而是希望救自己的妻子，这样的行为能不让人感动吗？为此感动，我写出这篇文章，希望他好转，希望他能在日后的生活中幸福。这个故事没有窗花，也没有情书，然而普通一句话却闪耀着光芒。生活中类似这样的故事很多，也很普通，可是每一个故事里都有一个感动人的细节，哪怕是一句话也让人精神振奋，让人心灵温暖。

改革开放后，四面八方都在搞活经济，谈钱财的多了，论人生的少了，情人之间谈爱情的也是寥若晨星。一时间，钱财第一，权力第一，谁有钱财，谁有权力，谁就可以找对象、找情人。一个如花似玉的女孩子，可以跟一个年龄超出自己父亲的男人成家，不以为耻，反以为荣，这样的事只有在这样年月才会有，这样的人只有在醉生梦死中才能出现。数不清的人都在谈钱财，情感是什么，没人注意，剩余的只有骗子遍地开花。我有一部小说《闪婚》描写的就是这类人，年轻的女孩子以找对象为名与有钱人居住在一起，在她们看来不是寻找爱情而是寻找物质财富，嫁一个有钱人比上名牌大学还重要。这样的人存在社会上怎能安定呢？相比之下，窗台上的情花让人感动，花的主人让人感动。

一个男人微不足道的一句话感动很多人，一个男人在生活里面随便的细节感动着数不清趾高气扬的心灵，难道他们容易被感动吗？不是，实在是现阶段的人缺少感动，缺少真诚，缺少引导。换言之，缺少境界，缺少高尚的精神世界观，造成千古遗憾。我之所以为男人说几句话，关键是这样的男人让人信服，这样的男人让人靠得住，女人找对象图什么，还不是图靠得住吗？实际上男人是最需要感情的，没有女人的生活他们受不了，可惜的是有女人的时候他们并不懂得珍惜，女人离开后他们才知道日子寂寞。在这个世界上，很多男人为女人奔波着，到头来他们得到的仍旧是无限痛苦，面对未来他们后悔当初没把自己的女人当回事。窗台上的情花反映的就是这样一个故事，表达的就是这样的一个男人，虽然很普通的故事，但也说明男人的普遍脆弱，从另一方面激励每个男人。

总有一天你爱我

不是所有爱情都值得珍惜，高尚的爱情固然重要，低劣的爱情珍惜也没用，男女之间的爱情有时并不可靠，关键是他们是否持久。爱一时容易，爱一辈子难，这才是爱情的真谛。

一个男孩儿追求女孩儿失败，可是他不甘心，有一次当他再次被拒绝时，他对女孩儿说："别看现在你拒绝我，总有一天你会爱我的……"男孩儿说完这些话后离开女孩儿，其实，男孩儿并没有完全离开女孩儿，他只是隐藏在远处悄悄观察她，等待她的消息。女孩儿看着男孩儿离开的背影，心里震动了一下，接下来就是若无其事地生活着。然而一年后，当男孩儿再次向女孩儿求爱时，这次女孩儿没有拒绝，而是迅速答应了他。女孩儿害怕男孩儿再次离开，因为在这一年里，女孩儿经历过很多男孩儿的追求，知道哪个男孩儿是最优秀的，哪个男孩儿是不可靠的，当眼前的男孩儿再次提出要求时她迅速答应了，男孩儿实现了自己的诺言。

男孩儿和女孩儿结婚时，很多人都赞叹他们是天生的一对，男孩儿和女孩儿幸福地度过一辈子……这个故事说明什么，说明爱情不是轻而易举就可以获取的，也是要经历艰难险阻的，不见风雨哪有彩虹，不经世面哪有经验，爱情也是如此。爱一个人也是要经历艰难险阻，经历风雨同舟的考验，更要耐心等待，等待那个让你铭记一辈子的重要时刻。不要以为爱情只是一厢情愿的事，爱情是双方的，最优美的爱情就是彼此都有感情，彼此爱慕对方，这样的爱情才能天长地久、源远流长。故事中的男孩儿和女孩儿就是典型之一，在他们心中爱情占有一席地位，然而更多的则是他们彼此对爱情的思索，彼此对生活的观察，最后才得出结论。

其实我最赞美的是男孩儿的气魄，总有一天你会爱我的，这话说得容易，做起来并非易事。可是男孩儿目的达到了，他用他的聪明得到了女孩儿，他用他的耐心达到了目标。是男孩儿有自信吗？是男孩儿判断准确吗？是，又不是，然而在这一则故事中男孩儿的目的达到了，男孩儿的努力得到了回报，整个过程透露出的仍旧是男孩儿成功的自信，透露出他对女孩儿的成功把握。现实生活中有多少这样的男孩儿，又有多少男孩儿拥有冷静的判断，还有不达目的绝不罢休的坚韧意志。在这一点上，中国男孩儿恐怕没有几个人拥有类似的自信，更没有坚定的意志和必胜的信心，也许他们碰到挫折后就迅速离开，再也不可能返回了。

不是我有意为男孩儿说长道短，实在是他的聪明才智让人佩服，男孩儿的做事风格雷厉风行，又是耐人寻味。人生有时是爱情至上，可是有时又不值一提，爱情算什么，有它初一，没它十五。不是所有爱情都值得珍惜，高尚的爱情固然重要，低劣的爱情珍惜也没用，男女之间的爱情有时并不可靠，关键是他们是否持久。爱一时容易，爱一辈子难，这才是爱情的真谛。

闻道有先后，术业有专攻。

——韩愈

不要梦想开大船

不要梦想开大船只是我的一种劝告，有船就开，有车就坐，我只不过是针对写作而言。写作是长久的，任何作者都有困惑，哪怕出版几部书的作家也是有困惑的，这一点所有写作者都有困惑，务必引起注意。

在我的周围，总有一些作者吹捧，以为自己写得怎么样，实际上写得并不怎么样。可是他们自以为写得好，看个别作者写出的文章，经常遇上一件事，他们不知道自己写出的是什么，甚至写出的作品与他们表达的思想感情背道而驰，这样的写作怎能达到淋漓尽致？写作是一种深入生活才能获取感受的实践，没有生活是不可能写出思想深刻的艺术作品的，小说如此，散文也是如此。

也许，他们对文学是忠诚的，是爱好文学的，然而文学讲究的是才华，是天赋。有的人下了很多功夫写出的小说很振奋，有的人写出的小说很无聊，是他们没有文字基础吗？不是，是他们没有将自己写出的东西赋予思想，即使有梦想也是一时的。不能否认，人是有梦想的，当人有了意识时梦想的船就已经开始启动了，这时人最大希望就是驾驶梦想的大船扬帆远航。可惜的是人有时是没有自知之明的，尤其是文学爱好者头脑发热时更是如此，他们只知道写出来并不知道写什么，梦想自己能成功。人是应当有梦想的，可是梦想有时也要切实可行，不要梦想开大船，开小船都有困难，还能驾驶大船吗？写作也是同样道理，小文章都有困难，怎能写出大部头呢？小说也好，散文也罢，哪怕几行小诗，都有艺术特性，靠吹捧是不行的，必须具有艺术特性。

然而人是有本性的，艺术与生活又是紧密相关的，有什么样的生活就有什么样世界观，有什么样世界观就有什么样艺术品。有钱人的世界观与没钱人的世界观是不同的，比如人在苦难时是最想见朋友，可是人在幸福时是最不愿意见朋友，这就是人的性格。很多时候我也是这样，当我条件好时我远走高飞，当我遇到困难时我就希望有人帮助，搞写作的人就是这样，越是条件优越越是容易忘记朋友们，越是没办法混日子时越是寻求朋友们帮助，这就是人的本性。不只是我，其他人也是如此，也有这种本性。有时我在思索，这个世界是你的不是我的，没必要为这个世界干什么。实际上这也是不要梦想开大船的翻版，很多人恰巧缺少这种意识，他们不论干什么在什么样环境下都有可能成为独树一帜，都有各式各样的吹毛求疵，结果造成伤害。

其实，不要梦想开大船只是我的一种劝告，有船就开，有车就坐，我只不过是针对写作而言。写什么不写什么是作者的权力，可是写作有时是一种眼高手低的工作，你想写好不行，你想写不好也不行，偶然性很大。有天赋的人写出的文章就容易成功，没天赋的人写出的文章缺少思想感情，其中重要的原因就是缺少灵魂，缺少自知之明，更缺少写作的基本功。为了尊重作者，我不直截了当与他们谈文学创作，而是与我的朋友说明请他们转告，这样的结果是不给他们带来伤害，保持了他们的自尊心。写作是长久的，任何作者都有困惑，哪怕出版几部书的作家也是有困惑的，这一点所有写作者都有困惑，务必引起注意。

一片草地有多少

没人相信一片草能有多少株？可是我相信了，看着那些对草独出心裁的草农，看着他们每年为草努力赚到的钱财，我没有理由不相信他们会精心计算。

有时候我突发奇想，如果能到大草原上玩几天，应当是很不错的旅行。草原我是去过多次的，也许在城里住久了想换一个环境，比如大草原，大河流，大风景，看了就会让人心旷神怡，在这样的环境下欣赏风景别提有多开心了。终于有朋友来电话约我去大草原，放下写作开始是走马观花看风景，渐渐地草原的气息已经让我兴奋，让我迫不及待。是的，看见大草原我的心如鸟一样立即飞翔，恨不得绕着大草原飞几圈，想在哪里落下就在哪里落下，没有约束，没有约法三章。我是在跟朋友讨价还价后才去大草原的，讨价还价的目的就是让他们为我出车，为我购买返回车票，当一切都有结果时我乘车而来。一路上，没有阻碍，畅通无阻，几乎所有车辆都在给我们让路。朋友的车是警车，他们在大草原那边是警察，而我这里也有警察，他们之间是有沟通的。警察跟警察一沟通我就有利可图，用不着购买车票，乘车已经是利用职权了，不同的是利用了他们的职权。

其实，乘警车是小事，一路上闻到的都是大草原的味道，即使返回后也是如此。路途中有什么味道？为什么让我返回后还闻到了这种味道，这还需要从一件小事说起。我们都见过各式各样的草地，可是有关大草原的草地你见过多少，或者说见过几片呢？换言之，在进入大草原之前，有朋友嘲笑地问我你能数清楚这片草地有多少草吗？我说数不过来，也没数过。可是他们笑逐颜开地说他们数过，而且数了不止一次，我这才明确他们不是开玩笑，他们对我郑重地提出一个问题。是啊，谁知道一片草地有多少草？我不知道，他们也不知道，可是并不能说明所有人都不知道。终点站到了，从一位草农嘴里我听到了确定数字，我吃惊，他们是怎么计算出来的，能准确吗？当我把担心告诉朋友时，他们再次笑逐颜开说我过于忧虑了，一片草能有那么准确数字吗？

没人相信一片草能有多少株？可是我相信了，看着那些对草独出心裁的草农，看着他们每年为草努力赚到的钱财，我没有理由不相信他们会精心计算。草如树一样，也是一棵一棵的，只不过草地大，数不清，因此没有人数清一片草地有多少株。

一片草地有多少株，这是一个问题，也是一个象征，更是一种答案。然而全世界有多少人，这个问题有人答得清吗？地球是否跟草地一样，也是数不清到底有多少人，到底存在多少小社会，小团体，隐藏在角落里的人还有多少？是60亿还是70亿？直到这时我才感受到，地球现在变得让人认不清了，大草原让人感受深刻，可能这也是没办法的事，草与人是一样的，都有数不清的时候。问题是如何对待人，如何对待草，如何对待社会，这些问题搞清了我们才能在地球上生存，才能过上最好的日子。不是吗？

作家的眼力

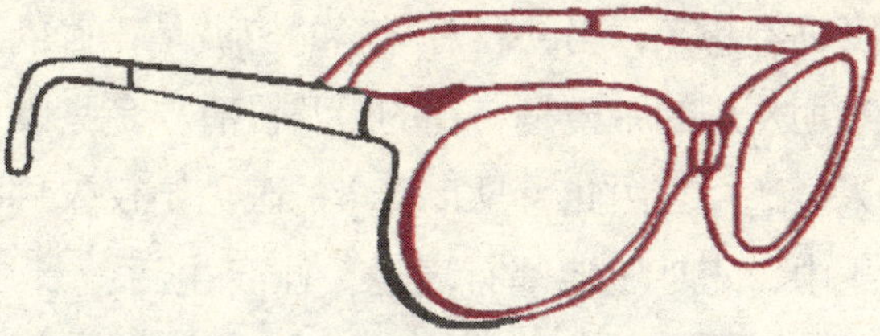

文学已经成为一种少数人拥有的形式主义。其实现阶段的社会生活已经很丰富了，主旋律的题材有，低落的题材也有，真是五彩缤纷要什么有什么。

一个外国作家说，不是世界没有美，是我们没有发现。是的，写作多年总是找不到感觉，写出的作品除了散文和小小说在报刊上发表外几乎没有大部头，虽然也出版了长篇小说，但没有引起反响，因此觉得自己写作尚未找到感觉。实际上这种感觉就是眼力，编辑应当具有鹰一样的眼力，及时发现有潜力作家投来的稿子，帮助他们发表。我想说作家也要具有这样的眼力。有一次，我骑自行车散步，当我经过公园时，我看见一个中年男人在烧一包纸，他可能冷了，不得不烧纸取暖。看见这个人，不知为什么我有话说不得，不是不敢说，而是说了没用。我帮助不了他，也帮助不了他人，可是我的心总是热热的。同情有之，愤愤有之，抱怨有之，感动也有之。这样的人，这样的事，在我们这个国家是很多的，谁也帮助不了他们。

并不是所有作家都有这样的眼力，为什么有人写出的作品有反响，有人写出的作品悄无声息，原因就是水平。我还看见作家协会一开门时，就有老干部来到屋子里坐下，他们在这里干什么，无非是寻找精神寄托。看见他们写出的诗歌，我真的无语，可是他们热爱文学的劲头让我感动，于是我真心想帮助他们，帮助他们多写作品，多发表作品。想想他们，回顾过去，我真的为自己的努力感到自豪，如果当初我放弃文学还有现在的自豪吗？想来，当初我对文学的忠诚是正确的，我对社会变革是适应的，我对朋友们的希望是实在的，我没有辜负朋友们的希望，也没有辜负自己的人生选择。由此可见，文学的眼力不仅仅局限在文学上，也表现在自己人生中，随时随地都有表达。社会生活就是靠文学来表达，选择什么样题材，就看作者眼力了。

最近上网，总有个别网站甩一些插件，弄得电脑有时不听从操作，为此我写出一句微博：各网站不要为了垄断乱甩插件，谁也没时间使用，而且影响操作。我的意思相当明确，可是网站明确吗？他们可能为了自己利益根本不理睬，有可能变本加厉其实作家写出什么并不重要，关键是他如何表达，如何把自己的思想感情渗透到读者心中，渗透到社会实践，让所有人知道。

现在的人并不真正知道什么是最美的人，也许有人会说解放军是最美的人，这话没错。解放军美在哪里，是解放军美吗？不是，是解放军生命最美，是解放军助人为乐的精神最美，更美的则是他们冲锋陷阵的奉献精神。在这一点上，世界上任何一个国家，也没有中国人民解放军美。然而解放军的美并不是毫无根据，也是有着多年优良传统才形成的，这是他们最美的地方。也许我曾在部队生活过，对部队有一种特殊好感。当群众遇到危险时，第一个想到的是解放军，如果他们能来到群众身边群众就有安慰。

一部小说描写什么不重要，关键是如何描述，如何把美好的故事告诉读者，让思想感情在读者心中振奋。一个人呢？当一个人产生爱情时，他是如何表达，如何向对方表达自己的思想感情，这就是小说中主人公的经历，也是作家为什么写小说的重要原因。在小说中，故事并不重要，重要的是小说中表达的是什么，读者是否跟随细节表现出喜怒哀乐。人有时是不知道自己在干什么，不论是吃饭，还是睡觉，都有一种无聊的行为抑制自己。高雅的人说是闲情逸致，低沉的人说是弱智，只有那些劳动者才能明确判断自己在干什么。对此，我有自己的看法，越来越感到文学并不是人生的追求，有时它就是被利用的工具，尤其是被领导者利用的工具。当他们想到文学时他们就会召开所谓会议，总结所谓经验，然后叫上几个人为代表，随时随地听他们呼风唤雨。这种形式主义的会议阻碍文学的发展，也阻碍社会进步，真正有文学思想的人上不去，由此可见，文学已经成为一种少数人拥有的形式主义。其实现阶段的社会生活已经很丰富了，主旋律的题材有，低落的题材也有，真是五彩缤纷要什么有什么。可是文学的眼力并不能肤浅，有的题材可以入小说，有的题材可以入散文，以什么样形式写作就凭作家的艺术感觉了。

欲穷千里目，更上一层楼。

—— 王之涣

读好书做好样的人

不要小看读书，一个人读什么样的书关系着他的个人利益，也关系着他所在地的城市发展，这是目前最大的问题。

没有太阳没有方向，没有目标没有理想，当人的思想感情受到打击时，生活方式可能会被改变。然而最大的改变莫过于读书的改变，这就是我经常跟人提出的多读书，读好书的理论，这是学习理论，也是人生理论，更是人生座右铭。对一个具有上进心的人来说，多读书的确是一件难事，人这一辈子有多少时间可以用在读书上，哪个人肯花大量时间来读书呢？

可是也有例外，中国人读的书多，绝大多数的人都有书读。其实，读多少书固然重要，更重要的是读过多少好书，有多少好书能让自己改变。在人生的处世哲学中，不是读书就有好处，也不是不读书便没有好处，读书与不读书只不过是一种文化差别。自古以来，中国人就有关于读书的言语，“书中自有颜如玉，书中自有黄金屋”，由此可见，书中的好处是数不清的。可是多读书，读好书，又是一个重要问题，谁有时间多读书，谁有时间读好书，这又是一个问题。另一方面，好书在哪里，有多少好书能让我们读，这又是一个问题，由此可见，读书有时也是有困惑的，知识的困惑且不说了，读书的困惑随时随地都有。很多人读书不是凭自己的需要，而是凭个人爱好，想读什么书就读什么书，或者随波逐流，看人家读什么书自己也读什么书，这样的读书怎能获取好处呢？

其实，人的读书是有选择的，世界观不同选择的书也不同，不同的人选取的书也不同。有的人读书只读里面描写性情的一部分，根本不读那些知识，有人读书只不过是看他人读书自己也要读几本，不读似乎有些落后了，类似这样的读书方式怎能进步？现代人读书缺少主动性，如果没有人逼他们读书他们是不可能读几本书的，为什么中央宣传部每年都有几本书推荐给党政机关，就是让那些平时不读书的干部掌握一些马克思列宁主义，毛泽东思想，让他们继续为中国百姓服务，为国家服务。不读书的民族是没有希望的民族，而没有希望的民族是愚蠢的民族，中国拥有五十六个民族，哪个民族没有几个作家？哪个民族没有几部历史书籍？有人不是提出好书在哪里吗？实际上好书就在这里，好书就在各民族中间，只要深入各民族中间就会读到好书。

谁的书算是好书呢？是中国人的，还是外国人的？自古以来，中国人的好书数不清。每年全世界都有很多优秀书获取好评，中国也是如此，也有好多书获取优秀图书奖，原创奖。我的小说《背着电台去延安》在网络小说大赛中获取优秀奖，十大原创小说奖，然而我并没感到有什么不同，仍旧认真写着，认真写出我的感受，我的认识，我的思想感情。在我看来，我写出的任何一部书都是习作，什么时候成为好书，什么时候让我拍手称快，我想我是希望有这个时候的，希望通过我的努力能达到这个目标。我们读书是为了更好地利用书，更好地写出好书，让读者在读书过后产生愉快，产生思想，产生目标。

读书不是仅仅读小说，读诗歌，也要读其他题材的书。中国地大物博，人口众多，少数民族兴旺发达，各式各样的书应有尽有，层出不穷，如何选择好书就看世界观如何了。搞活经济的人喜欢读经济类型的书，作家喜欢读诗歌，读小说，读散文，党政机关干部喜欢读马克思列宁主义毛泽东思想，科学家喜欢读科学研究的书籍，真是好书无穷，读之不尽。在我看来，一个中国人要读点哲学，读点历史，读点经济学，读点美学，有一技之长的要专心致志研究，这样的读书效果也许最大。不要见什么书读什么书，有的书对个人有益，有的书对个人没益，有益的书读起来会帮助个人进步，无益的书读起来会让人停滞不前甚至落后。不要小看读书，一个人读什么样的书关系着他的个人利益，也关系着他所在地的城市发展，这是目前最大的问题。

有志者，事竟成，破釜沉舟，百二秦关终属楚；苦心人，天不负，卧薪尝胆，三千越甲可吞吴。

——蒲松龄

什么时节读书最好

为什么出版业有市场？这就是为百姓服务的，百姓爱读什么样的书，出版社就准备什么样的书，接下来就是作家写出什么样的书，由此可见，读书与写作是紧紧联系在一起的。

不知为什么，现在的人读书少，即使他们有充足的时间也不见他们读书。这时，我忽然想起我读书时候的样子，我记得我读书时是不遗余力的，只要被我见到的书我都要读。小时候我被书迷恋，成人后仍旧被书迷恋，即使现在我也没有改变对书的痴情。近两年我不怎么买书了，一是有朋友出的书送我，二是书价贵，三是我在网上就可读书。曾几何时，我为了写作减少很多跑步时间，可是我发现减少跑步时间不如减少上网时间，因为上网让我们浪费很多宝贵时间，这是很多人尚未认清的问题。自从上网后，每天我都要在网上浏览，看看哪家网站有新闻，哪家网站与哪家网站又打了起来，久而久之，时间就在这种期待中消失。当然上网也是有好处的，起码读书用不着花钱，想读哪部小说轻轻一点鼠标就可以了，包括读哪篇文章都能在网上找到。

朋友们送我的书我自然会认真读，网络上的书我也读，只是等车的时候没有书读感到空虚。为了解决这个问题，我包里随时随地都有书，这样我就不会因为等车而沉闷，更不可能有空虚之感了。等车时可以站着读书，也可以坐着读书，还可以边走边读书，这种方式以前我多次用过。以前写作，我对浩如烟海并不理解，写出多部书稿后，才知道浩如烟海是多么神圣。多并不奇怪，奇怪的是自己对这并不理解，当自己真正理解后才觉得自己对知识掌握的是何等的少，对自己了解的是何等的少。人为什么错了才后悔，为什么在此之前没有觉悟，那些具有我行我素的人为什么总有一套自己的理论，可能与人为善时总感到自己是正确的。其实，人的对错与人的认识并没有两样，不同的就是读书，虽然有人也读书，但读书的细节不同产生的认识也不可能一样。

有时我劝告自己多读一点书吧，哪怕读几本也是好的，也会让人在搞活经济中获取利益。然而读书的经历有时并不是自己需要的，有时手里拿来一本书却没有时间读它，甚至在洗手间也不可能腾出时间认真阅读，也许这就是读书的遗憾。仔细研究人世间最大的空间，只有在等待时才能有读书的时间，比如等车，等船，等飞机，在出发前只有等待。这时心最静，没有什么力量可以打破这种等待。奇怪的是，有多少人能够在等车时读书呢，几乎很少，有的人不甘寂寞在玩手机。现在的电子游戏代替了读书，接下来还有上网，电子书，也代替了读书，当然这些也是读书的一种形式，而我说的读书只是针对纸质书而已。

什么时节读书最好呢？是春季吗？是夏天吗？还是秋天，或是严寒的冬天？其实，什么时节读书并不重要，重要的是读什么样的书，有书读比没书读要好得多，问题是有多少人在读书，这是我写出这篇文章想提出的问题，也是我的思索。实际上还有很多问题我没说，比如什么时间读书最好，什么时间读哪样书，一年四季有多少时间可以读书，人的一生还需要读多少书？现在的出版市场，不是有很多孩子一生要读多少书吗，中学生要读多少书，大学生要读多少书，连小孩子也要读多少书，似乎不读这些书人就不可能度过一生。其实读书最重要的就是是否学有所用，比如读书是需要思考的，不思考不知道社会，不思考不知道文化教育是什么，可是思考多了又不会解决问题，这就是读书与不读书的区别，也是什么时节读书最好的关键。

在人的一生中，读多少书并不重要，有的人一辈子也没读几本书，可是他们的生活比一部书还重要。在人的生命中，书是可读可不读的，有书读可以生存，没书读也可以生存，书读得多与读得少并没关系，重要的是否理论联系实际，是否把读书当一回事。人在什么时节爱读书，在什么时节不爱读书，的确存在差异，尤其是书的内容好坏决定人是否读书。什么样人读什么样的书，领导干部喜欢读政治书籍，年轻人喜欢读名人书籍，具体到行业上更是各式各样，什么行业读什么样的书。作家爱看小说，诗人爱读诗，可是轮到普通百姓读的书更是各式各样，没有哪一个说自己只读一种书，或只读一类书。为什么出版业有市场？这就是为百姓服务的，百姓爱读什么样的书，出版社就准备什么样的书，接下来就是作家写出什么样的书，由此可见，读书与写作是紧紧联系在一起的。

人生自古谁无死？留取丹心照汗青。

—— 文天祥

别对朋友说对不起

别对朋友说对不起，实际上是一种善良的提醒，提醒朋友们，也提醒自己。面对沸腾的生活，不要总是抱怨，抱怨有什么好处呢？实际上没有一点好处，有时还是要得罪人的。既然得罪人，为什么还要抱怨呢？

我总感到自己对不起一个人，不是我得罪他了，而是生活中我没有机会与他聚会，于是留下抱怨。比如多年来我们没见过面，没与他们在一起吃喝，更没有闲情逸致聚会，我的绝大部分时间都用来写作，这原因不能跟人说，毕竟我不是著名作家，写出的作品绝大多数没有引起轰动。过去是发表在报刊上，现在是出版社为我出版书籍，出版越多得到的抱怨越多。如果是亲朋好友抱怨我能解释，可是如果是同学同事，或战友就不好解释了，跟他们说什么呢？说多了是我吹牛皮，说少了他们不理解，得到的只有抱怨，为此我总觉得自己对不起朋友们。可是我又觉得冤，干什么对不起他们呢，又不是我的错。

我说这话的意思是，别对朋友说对不起，别等到时间过去了才说什么对不起，没必要。如果有时间就要与朋友们聚会，如果没时间就要与他们说明，别让他们猜测，别让他们抱怨。什么人，什么事，一旦抱怨准没好。现在的人生活水平和生活方式都有变化，谁也不可能永远保持一种生活水平或生活方式，尤其是在搞活经济情况下，社会公德考验着每一个人，抱怨会增添负担，带来不必要的麻烦。可是不抱怨又能如何，谁能解决每一个人心中的忧郁，谁能帮助所有人都有愉快，都有幸福？

其实，人生有很多事是身不由己的，领导者是这样，平民百姓也是这样，没有谁说我很自由，也没有谁说我一点时间也没有，关键是他们如何对待。俗话说，物以类聚，人以群分，说的就是这样一个道理。人与人之间是有爱好的，不同人有不同的爱好，谁也不可能把不同爱好的人强聚在一起，即使强聚在一起也是没有好结果的，这一点我已经看到过了。有的人喜欢赚钱，有的人喜欢玩麻将，有的人喜欢写作，有的人喜欢创业，有的人什么也不喜欢，就是爱与人吵架……各式各样的人，各式各样的问题，各式各样的处理方式，真的让我们应接不暇，也真的让每一个人都有权利选择与哪些朋友们聚集，与哪些朋友们分道扬镳。由此可见，不是熟悉的人一定要聚集，也不是有时间非要与谁聚集不可，人的时间是有限的，即使抱怨也是没用的。该聚集的要聚集，不该聚集的即使聚集了也是要分开的，人和心不和的现象不是没有，没有共同语言又何必聚集呢？聚集后的场面又是如何呢？

别对朋友说对不起，实际上是一种善良的提醒，提醒朋友们，也提醒自己。面对沸腾的生活，不要总是抱怨，抱怨有什么好处呢？实际上没有一点好处，有时还是要得罪人的。既然得罪人，为什么还要抱怨呢？

>>>

沉舟侧畔千帆过，病树前头万木春。

——刘禹锡

三个战友两个村长

我不是冷血动物，也是有感情的，只是因为彼此不在一起，造成隔阂。实际上，这现象怪不得我们，生活方式的变化让我们彼此也在变化，只是希望在以后的生活中能够抽时间看看他们，这也是人之常情。

我有三个战友，其中两个是村长，从部队复员后他们在自己的家乡建成农业基地，其中有几年我们经常见面，然而最近几年彼此谁也见不到谁，想见面也没有时间，为此有的战友埋怨我不理睬他们，实际上是他们误解了我。不是我不想见面，而是写作时间紧，没有时间与他们见面，结果造成终身遗憾。现在想见也见不到了，他们离开了人世，离开了曾经生活过的地方。

一个战友姓马，我记得我刚刚从部队回来时，我们去乡下看战友。当时因为我吃饭少，体力不支，落在其他战友后面。这天夜里我没有及时回家，住在旅社，结果造成家里人闹翻天，四面八方派人寻找，连派出所也惊动了。就是我这个战友气愤地埋怨我说：“我一辈子没进过派出所，你这回让我进了派出所……”其实，当我看见战友离开后，我追赶不上，便抄近路想买一块面包，可是人家不卖，我只好到村子里寻找了，结果没有回家。而战友被叫到派出所问话，当他们说见我在铁路桥下一拐就不见了时，家里人和派出所的人都产生怀疑，好好的人怎能说不见就不见了呢?

可想而知，这个战友感到冤屈。为这事我一直对这个战友感到抱歉，认为是自己没有处理好，让战友受了委屈。谁知多年后，听别的战友说他去世了，我听后心里非常难过。

一个战友姓宋，他也是农村的，比我晚回来几年。在部队他非常听我的话，也许他是孤儿，我劝他在部队发展，谁知他不听非要回来不可。原来他是因为找对象，女孩子提出要求请他回来，没办法他只好返回。毕竟在大城市当兵，村里对他很看重，选他当村长。有几次市里召开村长会议，我也想去看他，可是因为各式各样的缘故放弃了，我以为还有机会见面。在我心里一直有这样一个想法，等有机会我去村里看他，毕竟我是经常到乡下，谁知发现他去世了。我心里感到遗憾，如果不是写作我怎能与战友拉开距离呢？现在我想弥补也没有机会了，人与人之间就是如此残酷，活着没交流，离开后才想交流，可是一切都晚了。我的另一位战友也是如此，他从部队回来后也是村长，不过他不是病故，而是在一天夜里乘轿车为村子办事，当轿车经过一座桥时不慎掉了下去，他来不及跳车逃脱，遇难了。听后，我相当吃惊，人怎能这样脆弱呢？

也许有了这样的经历，我开始利用出差的机会看望战友，有的多年不见面，我仍旧能从电话中听出他的声音。战友询问有什么事，我说没事，就是想见见他们，听听他们的声音。一个战友忙，其他战友也是如此，大家都在忙碌，我也是一样。每天忙于写作，忙于交际，也忙于为生活奔波。我不是冷血动物，也是有感情的，只是因为彼此不在一起，造成隔阂。实际上，这现象怪不得我们，生活方式的变化让我们彼此也在变化，只是希望在以后的生活中能够抽时间看看他们，这也是人之常情。

小溪门前拐

如果我们也像小溪一样轻轻拐一个弯，避免矛盾的产生和发展，避免与人直截了当地交锋，人世间的温暖会有很多，人与人之间能和平共处，这样的社会不是更好吗？

世上没有直直的河，不论大河还是小河，都没有直直的。小溪为何拐弯呢？小溪与小河一样，也是拐弯抹角的，也没有直截了当朝前流的。观众听过潘长江唱歌：“哥哥面前一条弯弯的河……”他为什么不唱哥哥面前一条直直的河，因为小河没有直的，弯曲的才让人相信，也是事实。小河如此，小溪呢？小溪也是如此，也是弯弯的朝前流淌。小溪门前拐了弯具有象征性，也是有故事的，这个故事至今让我感动。小溪原来不叫小溪，叫小河，它是爱慕一个女孩子才如此的。据说它爱慕的女孩子就住在一个小村庄，有一年山洪暴发，小河暴涨，它为了救村庄就绕过村庄，结果它由小河便成小溪，每天流淌的水是有限的。听了这则故事我感到挺美，也挺悲伤，毕竟这是小溪与小河的故事，也是小溪与人类的故事，小溪如此，人又如何？

其实在城市住久了，对自然界的景物爱护有加，比如山脉，小溪，河流，还有森林。每当看见那些假山假水时，心里就涌现以前在我家门前的小溪，情不自禁对人说着小溪的往事。其实我对小溪的喜欢还是小时候开始的，当时我家门前就有一条小溪，每天从我家门前流淌。有时我跑几步跳进小溪里洗澡，有时拿上家里的衣服到小溪里洗，小溪清澈如碧，站在里面透彻凉爽。这个时候我就感到小溪如人一样，也是具有灵魂的，具有思想感情。最让人兴奋的是小溪爱唱歌，每天总是哗哗哗唱个不停，小溪的乐观精神让我听了兴奋，或多或少影响着我对小溪的印象，催促我每天必须跳到小溪里洗澡，直到长大了才离开小溪。

有时我琢磨，小溪为什么要拐弯，为什么没有一条直通的河流呢？其实世界上没有一条是直通的河流，也没有一条是直通的路，有时被山阻碍着，有时被田地阻碍着，有时还被房屋阻碍着，说白了，自然界就是被人阻碍着。这些充满哲理的语言，有多少读者能理解？有多少朋友们了解情况？也许有人还会冷嘲热讽，或提出自己的怀疑，提出自己的反驳。在这里我想说的是，小溪算什么，只是一条普通的河流，是自然界中最普通的一条小溪，说不上哪一天就有可能流干，拐弯抹角只是它们的生存方式。然而我更想说的是，小溪只不过是指一条具有思想含义的河流，这条小溪很长也很久，只是没有多少人注意它。为什么我们看问题总是直截了当，为什么不躲避一下矛盾冲突，为什么个别人总是无事生非，这些乱七八糟的现象说明了什么。我想就是眼下的人看问题过于直截了当，过于单纯，过于纯粹，不会解决问题，因此造成了人与人之间的隔阂。如果我们也像小溪一样轻轻拐一个弯，避免矛盾的产生和发展，避免与人直截了当地交锋，人世间的温暖会有很多，人与人之间能和平共处，这样的社会不是更好吗？

自己重视自己

只有努力努力再努力，付出付出再付出才能获取成功，才能获取利益。自己重视自己，这才是物尽其用，人尽其才，名副其实。

很多人都抱怨，领导不重视自己，连孩子也抱怨家长不重视自己，加上个别人好玩麻将，这个社会真的没人重视。怎么办，若想在世界上生存，除了靠人重视外，还需要靠自己重视，自己重视自己。现在的人外观的东西多，每一个人都想方设法寻找表现的机会，如同网络一样，只要一上网，就可以看见数不清的吹牛文章铺天盖地滚滚而来，冲击视野，恨不得自己一瞬间就可以家喻户晓。一夜成名的现象在网上多，在现实生活中也是有的，正因为如此，才有人抱怨没有领导重视自己。

其实不是没有领导重视自己，而是这个世界太沸腾了，不论干什么都有吹牛皮的嫌疑，真正轮到自己时又有多少呢？回顾人生历程，绝大多数是想方设法获取钱财，或弄个一官半职，以此显示自己是有用的人。可是人与人相比，一个比一个能耐，一个比一个有才华，当有人稍稍有点成绩时，就被后起之秀比下去了，弄得抱怨自己没人重视。实际上没人重视不要紧，自己重视自己可以吧，自己重视自己最大的不同就是自己肯定自己，有什么成绩，有什么缺点，都由自己认可，这可是独树一帜。自己重视自己的优点是振奋自己的精神，振奋自己努力的情绪，当有人嘲笑时，自己已经通过各式各样的努力实现自己的目标。

前不久，我参加一个朋友孩子的婚礼，在现场碰到一个作者。当有人询问他在干什么时，他津津有味谈论着自己的电视剧，说自己如何在外地有一个公司，现在正在拍摄。实际上他什么也没有，与人合作一部作品还是他人写的，只不过有他名字。就是这样的人在现场吹牛皮，弄得大家很反感，结果没有人与他谈笑风生，一个个如同不认识他似的。这时我才发现他是可怜之人，吹牛皮有何好处，弄得好有人捧，弄不好臭名昭著。中国有多少类似这样的人啊？然而他不觉悟，仍在滔滔不绝演讲着，吹着自己的事，听的人也没兴趣，任他胡说。其实，这是何必呢？人生有缘相聚，不是听你吹，心灵的交往才是真的。我不知道他是怎么想的，为什么总是吹自己，难道吹牛皮真的能换来愉快吗？还是吹牛皮能让自己富有？让自己成功？

人在什么情况下最害怕别人批评自己？是他有了自尊心后，面对成绩有人表扬他的时候，这个时候是他自尊心最强烈时，也最怕别人批评。一个人是否成功，关键看他如何努力，如何看待自己。有的人每天都看他人的缺点，不看他人的优点，因此他的抱怨就比他人多，尤其是他人获取成绩时，更是妒忌，恨不得自己也得到一个奇迹。可是奇迹是怎么来的，不是靠吹牛皮，而是靠辛苦，靠付出，没有汗水的付出怎能达到目标，没有辛苦的努力怎能达到成功，又怎能达到他人的重视呢？其实，这只是一个方面，真正的成功谁也不需要，要靠就靠自己。换言之，自己重视自己，自己努力，自己奋斗，自己为自己设计目标。不要靠领导，不要靠重视，更不要靠其他什么人的帮助，如果自己不努力，再多的帮助也无济于事。我想说的是，当自己重视自己时，心情总是平和的，这时看山和谐，看水和谐，看社会也和谐。当人的心情与社会都和谐时，还需要重视自己吗？还需要他人掌握自己吗？

在这里我想说的是，一个人重视自己什么方面，是重视自己的人格，还是重视自己的钱财，在这些问题上没有谈判的权力。中国人自古以来就有孝道，可是就是这种孝道害了数不清的人，他们自欺欺人，结果造就今天的失败。人不是因为有失败就有孝道，而是因为缺少孝道才有失败的可能性，为什么很多人重视自己后并没有什么起色，而没有孝道的人却有起色，这里有什么秘密吗？实际上就是他们重视自己时没有重视别人，没有重视别人的人怎能有所作为呢？尤其是在权力上，自己重视自己只能是寻找麻烦，当有人跟随而至时他们得到的又是什么？不是道德不是钱财也不是官职，而是一种心灵的安慰，只有自己重视自己时才能获取心灵的安慰。古人如此，今人也一样，谁能在劳动中获取心灵安慰，谁将在未来的生活中获取成功，都是自己重视自己的结果。

在文学创作中，总想把自己的心交给读者，可是写出的作品总是与读者背道而驰，不是读者不满意就是自己不满意。应当知道，自己重视自己绝对不是自我安慰，也不是阿 Q 的精神胜利法，而是现实生活中的一种努力、一种付出，只有努力努力再努力，付出付出再付出才能获取成功，才能获取利益。自己重视自己，这才是物尽其用，人尽其才，名副其实。

春色满园关不住，一枝红杏出墙来。

——叶绍翁

学会享受生命

我想提醒一些人，不要小看自己的生活方式，有时一个微不足道的方式就有可能给自己带来致命的麻烦，这是万万需要注意的。

现在的人不会享受生命，更不会享受生命带来的乐趣。比如有的人只想方设法吃喝，并不知道吃喝里面有多少文章，更不知道吃喝里面会给人的身体带来多少病菌。有的人吃喝是不要命的吃喝，只要有吃喝就有乐趣，根本不顾及生命的存在，这就是嗜酒如命。看看现阶段医院里的那些人，绝大多数是由喝酒造成的病态，有的走路都在摇晃，如果当初他们不喝酒能是现在这模样吗？年轻时随时随地都有酒杯，结果到了中年人就变得不行了，走路摇晃，弱不禁风，一个大老爷们不如一个小孩子。

对于喝酒的人我是很痛恨的，且不说他们喝酒时狂妄的样，尤其是喝得天花乱坠我也是看不起的。平时花天酒地，要人品没人品，要风格没风格，连起码的友好往来都没有，对这样的人让人怎能看得起他们，又怎能与他们同甘共苦？我最烦的有三种人，一种就是喝酒的人，一种就是吸烟的人，另外一种就是泡女孩子的人。三种人很普遍，随时随地都有，否则我也不可能写出《男人的七种罪恶》，奇怪的是，写出这篇文章后我没敢把它收入书中，我担心有人骂我对男子汉不公正。其实男人要做的事数不清，可是很多男人为了这三种爱好耽搁了事业，耽搁了自己的美好前程。

个别的毁灭了自己，毁灭了家庭，也毁灭了生命。人的生命是有限的，在有限的生命里不享受，不珍惜，肆意毁灭，是人傻呢，还是人缺心眼？我想双方都有，傻瓜一个，也是缺少心眼。

生活不是哪个人的，也不可能由着哪个人独断专行，可是生命有时又是个性的，除此之外，没有他人拥有。对一个人来说，生命是个性的，因此生命对个人来说也是个别的，只有自己才能拥有生命。问题是如何拥有生命，如何享受生命，这是一个人有没有价值的关键。会享受生命，才会掌握生命，掌握自己的命运，这是生命与他人的区别。如果不会享受生命，就要学会掌握生命，否则后果是要付出代价的。为什么有人干什么都有好处，为什么有人干什么也无结果，这就是他们不懂得如何享受生命，如何利用生命，更不懂得生命对自己来说是多么重要，因此他们在对待生命这个问题上，有些得过且过。

什么样的人才能得过且过，这个问题是社会科学，也是社会变革存在的意识问题。绝大多数的人有生存意识，可是有的个别人就是缺少生存意识，比如有的人30岁了连身份证都没办，能说这样的人不是得过且过吗？一个人生活方式不同，头脑中反映的问题也不同，可是怎样生活，怎样努力总应当有自己的法则吧，偏偏他们就是没有。如果说男人没有可能没关系，可是女孩子也没有这种意识，生存面临严峻考验，弄不好丢失的不仅是聪明才智，有可能丢失的是宝贵的东西。我想提醒一些人，不要小看自己的生活方式，有时一个微不足道的方式就有可能给自己带来致命的麻烦，这是万万需要注意的。

其实，每一个人都要学会享受生命，享受生命带来的乐趣。有人说男女之间不存在年龄问题，也不存在高低问题，关键是感情问题，有感情才能有爱情。我相信他的话，有哲理，然而更多的则是如何面对生活，面对社会变革，学会享受生命。

第三辑

五月的梦想

也许有人不清楚，一年四季我有很多日子都在梦想中，不是我喜欢梦想，而是梦想让我回到过去的岁月。

钟鼓楼今昔

钟鼓楼如同一个人，之所以能存在关键是百姓希望有一种寄托：风调雨顺，五谷丰登。希望钟鼓楼带给百姓的是风调雨顺，希望百姓生活水平日日高升，更希望钟鼓楼带动一方平安，这是我个人的祝福，也是钟鼓楼的祝福。

我曾写出一篇小文《钟鼓楼》，是以散文诗形式写的，至今已有二十年历史。然而，有关钟鼓楼的传说我了如指掌，尤其是钟鼓楼的历史变迁，几度变化，我都有所记载。据考证，最早的钟鼓楼，建于明代初期，即始建砖城之时。明朝成化二十年，因辽东地震而塌毁。清乾隆四十七年，开原老城复建砖城即将竣工时，城内商民捐资重新修建了钟鼓楼。这座钟鼓楼木质结构，基高二丈，阁楼两层，旋起四门，可通四街。并将崇寿寺铜钟悬于钟鼓楼上。当时在任知县明亮，曾在《新建钟楼记》中赞道："环窗拱列，星河落檐前，鼓角惊于地底。美哉轮焉，美哉奂焉，洵可谓肃慎之大观矣。"可惜，同治七年时，这座钟楼因遭雷火烧毁，铜钟也被烧坏。同治八年，城内众商民再次捐资，重修钟鼓楼。新建的钟鼓楼砖木结构，高七丈，楼起三层，顶层悬有新铸的铁钟一口，重四千多斤，声音洪亮。开原古城钟楼上层檐下，四面悬挂匾额。南书启迪文明，北书闻声兴感，东书警觉斯民，西书高耸云霄。这四幅题字，出自县知事章启槐手笔。当时鼓楼派有更夫，每到入夜，一更，敲钟一下；二更，敲钟二下，一直敲到五更。城内如若失火，以东西南北四街为准，按东三西四，南五北六的规定撞钟，据说更夫敲钟到1934年初才停止。

钟楼在六百余年中，曾数次被毁。最后一次是人为拆除。1970年，老城镇革命委员会，以妨碍战备交通为由，将同治八年所建的钟鼓楼彻底拆除，楼上悬挂的大钟，也被砸碎卖掉。现存钟鼓楼是1991年七月重建的，高度只有四丈五尺，比同治八年所建钟楼矮二丈余。可是接触的人数不清，几乎每天都有外地人欣赏，有的还拍照。现在有关钟鼓楼的照片不算多，古籍更少，有一幅照片，是1904年日俄战争前的开原钟鼓楼，清同治八年建，拍摄时间在清末民初。这幅照片没有几个人知道，可是当时的情况却是如此，至今让人思索。

一座钟鼓楼被人拆来建去，不是毁，就是建，真的是恶性循环，劳民伤财。我是经常到这里的，从小到大，几乎每年我都有时间到这里。一是为回顾；二是为欣赏；三是为心情，有时还与外地人相遇。记得有一次我来这里，恰巧看见外地人在此拍照，其中有一个人请我为他们拍照，我乐意而为，并在博客上发出来供他们欣赏。他们是黑龙江省齐齐哈尔骑自行车旅游者，看见这座钟鼓楼产生冲动，拍照纪念。其实还有一次，是一个郑州小伙，他也是骑着自行车旅游，也请我为他拍照，我也同样在博客上为他写出文字，希望他的朋友们能看到，知道他平安顺利，在此祝愿他一帆风顺。

其实，钟鼓楼如同一个人，之所以能存在，关键是百姓希望有一种寄托：风调雨顺，五谷丰登。希望钟鼓楼带给百姓的是风调雨顺，希望百姓生活水平日日高升，更希望钟鼓楼带动一方平安，这是我个人的祝福，也是钟鼓楼的祝福。

五月的梦想

也许有人不清楚，一年四季我有很多日子都在梦想中，不是我喜欢梦想，而是梦想让我回到过去的岁月。也许有人提出怀疑，过去的岁月有什么好，贫穷落后，难道现实不好吗？

一到五月，漫山遍野的花都在开放，我的情绪如花一样也在开放。这个季节，有数不清的绿色，也有数不清的好事发生着，变化着，尤其是那些梦想接连不断。有时我在想，为什么人们喜欢五月，为什么五月的鲜花如此灿烂，原因就是因为五月的梦想遍地开花，五月的希望如虎添翼，五月的日子灿烂辉煌。在这个五月的季节里，我看见的是绿色，迎接的是希望。

也许五月是旅游的季节，所以面对五月我经常产生幻想，希望在这个春天里迎接夏日的绿色。五月没有春天的温柔，没有夏季的热烈，更没有秋天的成熟，它是一个看不出有什么错误的季节，具有其他季节所没有的特殊性表现。我在五月经常产生幻想，可能来源这种特殊性季节，有温暖，有成熟，也有希望。然而，更多的则是我的心，沉静，励志，向上。在这种心态下，五月就是我的梦想，就是我的希望。我愿意在这样的季节里享受绿色，享受温暖，享受生命的希望。其实，我这人当普通百姓已经习惯了，那些高官权势对我来说已经没有任何作用，我也看不起那些高官权势，看不起的还有那些数不清的钱财。我对人说过自己这一辈子不要钱，从小到大我没赚过钱，加在一起也没超出十万元，我的生活就是在穷困中挣扎着。有时还需要在这种穷困中拿来一定钱财去走人情，而且还需要说一些冠冕堂皇的话，说什么我家里有钱不在意我这点儿钱，以此换回那些人对我的好感。实际上我很缺钱，只是为了工作顺利，为了矛盾少些，为了朋友们对我的态度好一些，我必须这样撒谎。

现实中谁不需要钱啊？除了那些富二代以外，哪个人不需要钱啊？可是为了人的尊严，我就是不与人提钱的事，碰到钱财的事我肯定是绕着走。经商做生意，从我手里走过的钱数不清，可是我没贪一分钱，我经常告诫自己别让钱污染自己的手，一旦被钱财污染后果是什么样可想而知。所以，当搞活经济很多人为此付出代价时，我什么事也没有，纯洁得如同天上的雪花。为此有人嘲笑我为人机警，其实不然，我是不想让自己陷入钱财中不能自拔，我是想让自己在这个钱财社会干净一点儿，再干净一点儿。让我的父母少被人骂，让我的兄弟姐妹少被人批评，让我的后代子孙受到良好教育，也让世界上所有了解我的人知道我还是他们希望的那样。起码我没有变化，没有让人看不起，没有让他们失望。

五月的梦想不是所有人都像我这样喜欢反思，喜欢回顾，也有人喜欢争夺，喜欢批判。也许有人不清楚，一年四季我有很多日子都在梦想中，不是我喜欢梦想，而是梦想让我回到过去的岁月。也许有人提出怀疑，过去的岁月有什么好，贫穷落后，难道现实不好吗？不是现实不好，只是面对越来越多的钱财世界，我想寻找一块干静的地方，没有人谈钱财，没有人谈欲望。人与人之间只有文学，只有社会公德，只有贡献，在这样的环境保护下，我的思想感情纯净如雪，类似这样的梦想多好啊。

冬天的记忆

然而东北人真知道严寒吗？真能在严寒中度过日子吗？冬天留下了严寒，也留下了记忆，更留下了我火焰般的思索。

在我的印象里，冬天并不寒冷，如果说寒冷，只有两次。一次是我小时候去山里玩耍，当时赶上下雪，在山里转悠多时最后才知道这里是最危险的。另一次就是今年的寒冷，这不是普通的寒冷，而且异常寒冷。天气预报都说今年是最寒冷的，各式各样天气预报一次又一次，几乎让人讨厌冬天的寒冷了。

一进冬季就是严寒，弄得人心里冷得哆嗦。每年零下十几度不算什么，可是今年不一样，零下十几度真的不算什么，有时已经达到零下三十几度，这样的天气谁不叫喊冷啊？然而冷就不上班了吗？冷就不出门了吗？一个又一个雨夹雪，一个又一个降温日，一个又一个严寒，真的让老百姓一筹莫展。

三九的早上出门给妹妹送果汁机，这是姐姐送给我的，可是在家里放了半年没用，只好送给妹妹。一路走着，一路冻着，也一路想着。今年怎么这样冷啊？早晨跑步时不到几分钟手就冻得麻木了，搓了几下也没用，只好赶紧跑回来，即使到家感到温暖手仍旧麻木，而且有些疼痛。如果是往常用不着戴手套，就可一帆风顺，哪能冻得手疼。现在走在路上心里想着，每年不戴帽子也可以过冬，现在戴上帽子也是严寒难抗，眉毛上沾满冰雪，哈气将衣服弄得潮湿，表面贴上一层雪花。尤其是走在路上更要小心翼翼，前些日子下的雪现在还没化，路上到处是冰，到处危险重重。这还不算交通事故，如果走在路上忘记小心，后果不堪设想。

从妹妹家返回的路上去看朋友，好几天不见他们了，偶然路过想见见他们，谁知他们不在，询问知情人原来朋友们感冒了，正在医院打点滴。一个感冒可以理解，如果一批人感冒如何应付，这就是东北人最大的问题，也是全世界最大的问题。本来打点滴的人已经超出正常范围，可是偏偏有人超出打点滴数量，这样的人健康状况实在让人怀疑，试问还有多少人能面对这样的寒冷？

每年的冬天我都不穿棉衣，更不戴帽子，一是我不怕冷，长年的体育锻炼让我身体健康。二是我出门就坐车，或骑自行车，冻不着。我像年轻人一样俏皮，一样不怕严寒，可是今年不一样，的确寒冷，每天都在零下二十几度，这样的天气出门能不冷吗？我在散文集里没少写冬天，可是类似这样写出的冬天实在是让我感到一落千丈，寒冷已经成为人类的麻烦，过去的暖冬变成了寒流。我的心里情不自禁想到了往日，想到了往常的冬天我们是如何度过的，或多或少影响了我对冬季的好感。其实，我们生活在东北，类似这样严寒的冬天是经常的，哪个冬天没有雪，哪个冬天没有严寒，只不过今年冬天的严寒不同往年。

看不见朋友们，我来到一家照相馆，这是以前的同事开的，询问拍摄事宜。姐姐送我一个数码摄像机，可是由于写作没时间利用，最近忽然想玩玩，于是找到朋友询问操作规程。结果，用了几天还是不熟练，只好再问朋友。朋友的照相馆是老字号，多年以前就有这家照相馆，只不过他可能是子承父业，我与他很熟悉，加上曾经在一起工作过几天，熟悉加朋友也是特殊关系。本来是让他帮忙做上个备份，可是他帮我安装好存储卡后让我回家自己在电脑里安装，我以为电脑我熟悉，便匆忙返回。谁知回家一安存储卡，没有文件了，我有些心慌，只好不要文件了。是我删除了，还是朋友删除了，或者是压根存储卡上没有文件？这时的我已经顾不上冷或热了，心里有火，比任何时候都焦急，可是急也没用，我必须面对现实。我在电视里录下赵本山表演的一段小品，算是我学会了拍摄，接下来我要将这段录像片送到网上，让更多的朋友们享受我的成果。可是屋子里很冷了，以前在屋子里可以穿一个衬衣，今年冬天不仅要穿毛衣，还需要穿夹克，晚上睡觉还需要加上其他铺盖，否则真冷得难受。

没有人知道东北的严寒是什么样，没有人了解东北下雪时与化雪时是什么样，只有东北人自己了解自己，自己了解东北的冰冷和严寒。然而东北人真知道严寒吗？真能在严寒中度过日子吗？冬天留下了严寒，也留下了记忆，更留下了我火焰般的思索。

古之立大事者，不惟有超世之才，亦必有坚忍不拔之志。

—— 苏轼

春天给梵高的见面礼

梵高的幸运不是他的绘画艺术，而是赶上了现阶段的好时代，和平共处的岁月哪个国家都有钱财，都有购买力。梵高生前卖不出去的画如今成为紧缺商品，这是梵高生前和死后都没有想到的，这才是梵高最大的幸运之处。

在全世界所有艺术家中，最苦难的可能是梵高了，他绘画一辈子也没得到人欣赏，倒是死后他的画才真正成为抢手的艺术品，成为全世界画家中最大财富的创造者。梵高画的向日葵生前没有人看好，身后有数不清的画商想方设法得到它，是什么原因让梵高拥有这样的财富？实际上就是春天给梵高一个见面礼，让他在全世界透露出自己的真正才华，认可他的绘画。

其实，我想说的是，类似梵高这样的人在全世界数不清，几乎哪个角落都有。梵高这个人很有个性，他的家庭条件不错，弟弟是很早就成功的书画商人，梵高早期创作得到的就是弟弟的帮助，包括生活费。可是梵高就是不成功，他画的东西与时代总是脱节，当所有人都在画达官贵人时，梵高居然画城市小人物，画普通百姓，弟弟警告他这样是不行的。在弟弟帮助下，梵高最后到法国绘画，可是他仍旧保持自己的个性，仍旧与其他艺术家格格不入。在他的眼里，只有艺术，只有绘画，只有自己。梵高一辈子也没家庭，没有子女，没有爱情，有一个女人据说也让他割耳朵吓跑了。其实类似梵高这样的人在全世界数不清，只不过他能够在弟弟帮助下继续绘画，其他人就没他这样的机会和幸运了，所以说这是春天给梵高的见面礼一点也不过分，也是梵高的幸运之所在。

可以说，梵高的画生前几乎一件也没卖出去，没有谁相信一个疯狂的人能画出什么样的好画，更不相信他这样的人能在全世界响彻云霄。然而他的画的确开了一代先河，的确价值亿万，没有谁有他这样的幸运，没有谁的艺术财富比他多。时至今天当我提笔写他时，仍旧不相信这样的人怎能与绘画相提并论，怎能与亿万财富相提并论，可是他就是与财富相提并论。他用他特殊性的思想感情换来了亿万财富，用他独出心裁的艺术构思换来了全世界的目光，从这一点上来说，他又是当之无愧。在很多文章里，有人歌颂梵高，没有人指责梵高，绝大多数的人一定以为梵高无与伦比，实际上他也是有数不清的缺点，如果他对人态度温柔一点也不至于变成人人都讨厌他，他的绘画也有可能早日成功。因此，凭这一点，梵高是有过错的，而且过错很大。

其实，梵高的幸运不是他的绘画艺术，而是赶上了现阶段的好时代，和平共处的岁月哪个国家都有钱财，都有购买力。梵高生前卖不出去的画如今成为紧缺商品，这是梵高生前和死后都没有想到的，这才是梵高最大的幸运之处。俗话说励精图治，盛世修志，盛世收藏，和平共处的岁月有了钱财没地方使用，只有收藏绘画，收藏书籍，收藏文物，这是不容怀疑的。在中国也是如此，有权的领导者不是靠写字卖钱吗？为什么有题词一说，就是拥有权力的人业余爱好，或多或少这就是艺术品吧。如果梵高在中国，他的生活遭遇可能会与曹雪芹差不多，都有一点微不足道，都有一点贫困潦倒，而艺术永远是永恒的。

被人看不起幕后关系

文学的路有时越走越远，越来越让人看不清我们在写什么。在充满艰难险阻的路上不要气馁，要勇于探索，走自己的路，这样才有希望到达顶峰。

在生活中，经常有熟悉的人聚集在一起说某某有关系，他的父亲是谁，或者说他是什么样人介绍的。于是大家对这个人就不如以前了，好像他比其他人高了许多，实际上，他并不算什么，关键是人们对他的态度。其实，所以发生这样的转变，就是因为他有了一种莫名其妙的关系。实际上，生活中谁没关系呀，谁家没有几个亲戚在做官，谁家又没有几个能人在做生意？

如果论幕后关系，我想说我家是最大的，每个亲戚背后都是一种强大的社会关系，只不过我们并没有利用。我们都在各自为战，自己努力工作，这就是最好的社会关系。不是我们不讲关系，我们讲的是和平共处，和谐工作，和睦相处。我们尊重每一个人，每一个家庭成员都有自己的社会关系，都有属于自己的工作范畴，都有自己独树一帜的生活方式。

有时我在想，为什么现在的人如此看重人际关系，为什么有人又看不起幕后关系，其中原因到底是什么。其实，这是矛盾的问题，有人看重关系，是因为他们想方设法求人，有人看不起幕后关系，是因为他们求了人后并不是心甘情愿。对有些人来说，用你就是关系，不用你就不是关系，甚至没有任何关系。由此可见，人与人之间就是互相利用的关系，这是最大的危险。

有人常常为找不到工作烦恼，为自己没有关系而怨声载道，也有人经常为自己是某某的什么人而趾高气扬，实际上他们高兴或忧郁其中重要的原因就是他们生存在一种社会关系中。每天都在为自己的个人利益思考着，随时随地都在为自己的生存问题奔波着。可是他们得到了什么，没有社会关系他们仍旧一无是处，仍旧是干什么也不称心，干什么也是一塌糊涂。如果有了社会关系，他们人前人后就不是这样了，而是一种扬眉吐气。

自古以来，中国老百姓讲究的就是这种社会关系，没有人能超出这个范围。我也讲关系，可是我从来不利用关系，甚至看不起幕后关系，看不起幕后交际。我觉得做人要坦荡一点，诚实一点，谦虚一点，和蔼一点，亲切一点，只要有一点就可以了。何必把关系弄得神出鬼没，何必让人说长道短，何必让人看不起呢？长期以来，我不想改变自己的生活，所以对自己要求并不高，只要能简单生活就可以了，没必要非要得到什么，只要能让自己在安静的环境中写作，我的理想与目标就算实现了。

事实上，我现在所做的就是如此，看淡钱财，看淡官职，看淡诱惑，于是就有了我写作的成果。然而，文学的路有时越走越远，越来越让人看不清我们在写什么。在充满艰难险阻的路上不要气馁，要勇于探索，走自己的路，这样才有希望到达顶峰。

只要我们具有能够改善事物的能力，我们的首要职责就是利用它并训练我们的全部智慧和能力，来为我们人类至高无上的事业服务。

—— 赫胥黎

画一座山峰让自己登

画一座山峰让自己登就是最简化的努力方式，社会上那些乱七八糟的现象不见了，只有自己沉浸在画面中陶醉。也许这个办法不是很优秀，起码让自己的心平静，让自己头脑不发热，纵然是嘲笑，纵然是看不起，可是问心无愧，毕竟自己努力攀登着。

这是一篇具有艺术想象的散文，画一座山峰让自己登，实际上就是给自己树立一个信心，知道自己在人生的路上如何走。有时人是看不起自己的，也看不起他人，更看不起自己走的是捷径——希望他人帮助自己成功的。实际上这些现象就是想象，人有目标才能努力，只有努力和付出才能成功，以前我就提出过目标是什么，努力是什么，成功又是什么。其实成功就是朝目标努力付出。画一座山峰让自己登，表面看是一幅画，实际上就是一种充满想象的目标，是努力付出的过程。当然这不是画饼充饥，而是一种心理战术，别看它微不足道，却起着支撑精神的作用。一个人的心理素质如何，不是听他说什么，更重要的是看他干什么。

在我们周围，经常有一些个别现象阻碍着我们朝前努力，更阻碍我们向目标努力。我们怎么样？只有不断努力，不断付出，为了鼓励自己，只有采取这种画一座山峰让自己攀登。虽然这是一种空想，但这是一种切实可行的办法，可以躲避他人的陷害，躲避那些阻碍。我们不说自己无能为力，实际上是我们高瞻远瞩，并不想与谁争夺，面对争夺战只好隐藏。躲避有时也是一种斗争的策略，在战争年月面对的是公开的敌人，在和平岁月面对的是各式各样的矛盾和问题，还有数不清的阻碍。别小看这些问题和矛盾，有时它们就是害群之马，虽然能工巧匠多，可是矛盾和问题也多，加上人的肆意而为形成真正的阻碍。面对各式各样的阻碍，我不能听之任之，一是我的个性使然，二是我拥有智慧，三是我从来就没把矛盾和问题放在眼里，四是与它们斗争。其实我的办法很简单，就是绕着矛盾走，迎着问题走，越是有阻碍越是绕着它们走，久而久之，矛盾不是矛盾，问题也不是问题。

总结自己的人生，有一些日子就是在想象中度过的，比如写作这是最让人想象的行为。创作一篇小说是靠想象写出的，用个别人的话说这是一种疯狂日记，记载的不是自己的生活，而是他人的生活，具有广大群众的代表性。是的，我写小说与写散文不一样，写小说是完全虚构，几乎不食人间烟火。写散文则不同，现实生活有什么样感受我就写出什么样散文，或多或少影响创作情绪。可能感受多了，面对社会变革中存在的矛盾和问题，心里自然生出烦恼，产生愤恨，躲藏就是典型的经验之一。不是自己害怕谁，而是不想惹是生非，人世间有些事是可以说清楚的，有些事是说不清楚的，说不清楚怎么办，只好隐藏自己，悄悄努力。画一座山峰让自己登就是最简化的努力方式，社会上那些乱七八糟的现象不见了，只有自己沉浸在画面中陶醉。也许这个办法不是很好，起码让自己的心平静，让自己头脑不发热，纵然是嘲笑，纵然是看不起，可是问心无愧，毕竟自己努力攀登着。

流动的村庄

我现在说的流动村庄，是网络上的村庄，是看不见的村庄。然而我相信有人会看得见，迟早有一天村庄会变化，可能变成一座城市也说不定，看看现阶段的互联网，地球都小得可怜，城市与城市，村庄与村庄哪能不连接在一起呢？

在我的眼前，有几个流动的村庄，也许它们紧靠着小清河，大清河，还有辽河，所以它们流动性就比较大。每当辽河山洪暴发时，就有村庄被冲刷，有的被毁灭，有的渐渐被冲到另外一个地方，所以我称它们为流动的村庄。

其实，流动的村庄并不流动，谁也看不见它们流动，只是洪水来临时，人们才能注意到村庄的流动。实际上，人在水中也有这样的感觉。有一次，我参加一个文学笔会，当我们一行人经过一座独木桥时，绝大多数人都过去了，可是我过不去。只要我一站在桥上，头晕得很，几乎站不稳，我不得不趴在桥上爬了过去。我不知这算不算耻辱，如果算，这是我生命中遇到的唯一耻辱。当然，面对人生中数不清的坎坷，我觉得它并不代表耻辱，只不过是人生中没有把握好的交集。眼下，当我经过独木桥时，我过不去，只好爬过去。为了改变自己的狼狈印象，我写出一篇小说《小桥情》，希望朋友们不要嘲笑我的行为。

其实，我的行为有人是同情的，毕竟我害怕过独木桥，即使今天我站在自家阳台上也有晕的感觉。我几乎是不站在阳台上观赏的，楼台越高我越不想登上去，我担心我的头晕会破坏美好的景色和心情，如果朋友们因为我的行为也放弃欣赏实在是我的罪过。然而怕也是没办法的，有时我还是要硬着头皮过桥的，而且陆续也过了很多桥，登过数不清的楼台。我想说的是，登高的感觉跟在水中的感觉是一样的，看着流动的河水，实际上就是在看着流动的船只，只有漂泊，只有流动，流动。

我的所在地曾经发过几次洪水，小清河发水次数少，即使多也没关系。大清河就不同了，发起洪水肆意而为，岸边经常有受害的牛马被淹没，还有房屋被毁坏。据说有一次发大水，冲走数百人，十几万人无家可归，流动的村庄被冲破了，流动的城市也被冲破了。就是这一次大洪水，造成城市几十年都不能风调雨顺，流动的村庄与流动的城市渐渐被人忘记，这是多么令人难受的记忆。

我现在说的流动村庄，是网络上的村庄，是看不见的村庄。然而我相信有人会看得见，迟早有一天村庄会变化，可能变成一座城市也说不定，看看现阶段的互联网，地球都小得可怜，城市与城市，村庄与村庄哪能不连接在一起呢？过去的村庄是一片土地，以后的村庄只是一张图片，这样的变化真的让人望而却步，是我们跟不上时代的脚步，还是社会变革给予我们的太多？

有时，我在思索，互相网与地球是什么关系。地球越来越小，村庄还需要吗？城市还需要吗？

冬天已经到来，春天还会远吗？

——雪莱

过年的脚步

过年是一种习俗，关键是如何度过，如何利用。现阶段没有了昔日战争的硝烟，也没有往日的危险，和平岁月的过年真的比蜜还甜。

过年的脚步近了，一晃就是腊月二十三，小年到了意味着春节即将来临。每年这时节，家里人都在准备年货，放假的已经放假，休息的已经休息，只有那些上班的仍旧坚守最后一班岗。早在半个月前，朋友们就谈今年过年准备点什么礼物，实际上他们都在说笑，对于他们来说我是了解情况的，每年春节都是他们写作紧张阶级。毕竟他们长年在外，一年的约稿，这时才能兑现。他们跟我不同，我用不着外出，在家就可以写作，而且成果也不小。只是与他们相比，我还需要提高，毕竟他们在外见多识广。

中国人为什么要过年？这个问题显而易见。过年的习俗是从四千年前就有的，以前过年是家家忙于准备吃的，现在也是一样，只不过吃的比过去花样多了，过年方式也丰富多彩。小年这天，意味着过年正式开始，不管你以前干什么，是烦恼也好，讨厌谁也罢，都要在这一天放弃各种不愉快，一直到过完年为止。当然，有的矛盾在过年中化解了，有的问题也在过年中解决了，谁也不想将不愉快带到下一年，只有那些小心眼的人才将矛盾和问题放入心里。在我看来，过年就是中国人互相尊敬的日子，互相和平共处的日子，互相和颜悦色的日子，所以我说过年不仅仅局限于吃饭。

小年这一天，我准备拍很多照片，也拍摄几个录像，为的就是给以后留下一个记忆。现在的人生活水平提高后，精神文明也相对提高，只是个别人对社会变革认识不清，造成心理负担过重，因此拍摄一些录像片也是为了他们的记忆。当他们老的时候，看一看这些录像片，也是一种回忆。人是不能没有回忆的，尤其是一些上了年纪的老人，他们更需要回忆。

其实，过年对于中国老百姓来说是一件大事，这是自古以来就形成的习俗，不论什么样的艰苦环境也有过年的愿望，哪怕是战争岁月也是如此。远的不说，从辛亥革命以来，中国老百姓就是在过年中度过的，尤其是国共之间经常利用过年之际与敌人周旋。那时的过年如此惊心动魄，又如此惊慌失措，共产党员每时每刻都在提心吊胆，也时刻迎接过年的来临。由此可见，过年是一种习俗，关键是如何度过，如何利用。现阶段没有了昔日战争的硝烟，也没有往日的危险，和平岁月的过年真的比蜜还甜。然而，我们也别忘记在这年的脚步渐渐来临时，世界上仍旧还有贫困的人等待帮助，仍旧还有数不清的职工生活艰难。如何帮助他们，如何让每一个上下班的职工都吃上饺子，度过一个愉快的春节，的确还需要所有人的共同努力。

我在一个明星的微博里看见有这样一篇微博："天养地，古养今；忍养安，乐养寿；爱养福，善养运；佛养心，道养行；学养德，诚养誉；礼养和，问候养深情。"是的，这篇微博很好，说出了每一个人的心里话，也是我们共有的心声。要过年了，就用这段微博来祝福吧。当过年的脚步近了时，新年的钟声也要敲响，让我利用手中的笔写出这篇文章，算是对天下百姓的祝福吧。

二月二随想

二月二只是一个念想，有过节的意思也不可能过，充其量是吃个饭喝点酒，与平时没有什么两样。然而，我心里对二月二的感情始终不渝，每到这个节日我都要好好庆贺。

算起来，我不知道自己度过多少二月二了，这是一个什么样的节日，年龄大一点的人都知道。二月二是自古以来就有的节日，是春节后的节日，是继元宵节之后的又一个大节日，用老百姓的话说就是龙抬头的日子，对男人有好处。

龙抬头的故事是说：从前有一条龙，它隐藏在一汪池塘里，当时它还是小蛇。可是，有一只猪总是按着它的头不让它长大，有人说这猪是猪八戒的前世，小蛇是龙王爷儿子的前世。有一天，唐僧的前世路过这里，看见这情况上前帮助了小蛇。于是小蛇得救了，开始长大，渐渐成为一条巨龙。这个故事是否是真的，只当是一个传说而已，不必寻找真的线索。

我不知道少数民族是如何度过二月二的，可是我知道汉族是如何度过二月二的，每当二月二来临时，男人都要理发，在这一天理发能让自己少倒霉，驱逐晦气。因此，男人在这一天理发是最重要的，也预示着即将到来的好运。我记得小时候，每到二月二时，父母都要提醒我理发，嘱咐我好好理发，这是龙抬头。实际上，还有一个理发日，那就是在腊月二十三，也是小年前理发，如果不理发用迷信说法可能对舅舅不利，于是每到小年前我是必须理发的。

其实现在看来，二月二的确是一个节日，是古老的节日，也是男人的节日，更是大家互相交流的节日。有这个节日与没这个节日效果是不一样的，有这个节日人与人之间似乎还沉浸在过节的气氛中，这是过年的结束，新一年的开始。东北人的二月二比较特殊，通常都是扭秧歌，几个城市的秧歌爱好者聚集在一起进行比赛，看哪个秧歌队扭得好，扭得巧妙。接下来就是吃，二月二这一天吃猪头肉是最好的，每当二月二来临时，我父亲都要弄点猪头肉做下酒菜，目的就是讨个好运，讨个吉祥。小时候，父亲总是弄一个猪头回来，用大锅煮烂，吃起来香味四溅，至今想来心里都有一种回味无穷的感觉。现在日子好了，随时随地都可以在市场买到肉，猪头也不需要了，只是到了二月二这个节日时，父母还是要弄些好吃的，招待一家人好好吃个团圆饭。

过去二月二时，有人放鞭有人不放鞭，现在二月二时根本没人放鞭，因为一过正月十五就禁止放鞭炮了，所以显得有些冷清。据说过去的二月二有很多传奇故事，只是没有谁记得了，人们聚集在一起只有吃喝。

对我来说，二月二只是一个念想，有过节的意思也不可能过，充其量是吃个饭喝点酒，与平时没有什么两样。然而，我心里对二月二的感情始终不渝，每到这个节日我都要好好庆贺，为的是保持自己的一种好心情，可惜总是少些什么。

君子喻于义，小人喻于利。

—— 孔丘

有礼难送

为什么我走了很多地方从来不求谁为自己办事？为什么我在单位很多年却从来没有贪污受贿？不是我不知道钱财的重要，而是我更知道人品的重要。

不是清高，我这人向来是不拉关系，不走后门，所以面对送礼的事也是深恶痛绝。然而，有一件事让我至今难忘，很多年前我去一位领导家，当时我不知道送什么礼物好，在他家门前徘徊。不是我没钱，而是我确实不知道送什么礼好，恰巧有一位同学看见我，询问我在干什么。我将情况如此一说，他兴奋地说："送礼是有讲究的，不知你这个领导有什么爱好？"我说："领导没有爱好，他可能爱看书，听说他感冒了……所以我才到他家来看看。可是我不知道送点什么礼好，你说难不难？"

朋友笑逐颜开："有什么难的？你就送他一个西瓜吧……"我吃惊，一个西瓜不少吗？拿不出手吧？朋友说："有什么拿不出手的？不就是一个西瓜吗？听我的，没错……"听了朋友的劝告，我果然买了一个西瓜来到领导家，可是领导没在家。有一个人可能是保姆，她见我送礼就说领导出门了。我放下西瓜就离开了，朋友问我交给谁了，怎么这样快就返回来了？

我慌忙地说交给保姆了，领导出门了。朋友一听笑逐颜开道：“保姆知道你名字吗？”我摇头，朋友嘲笑地说：“你这礼送的，怎么连名姓也不报一下呀？”我说没必要，报名字有何用啊？我只是想看看领导，既然他不在家，一个西瓜算什么。

是啊，一个西瓜算什么，朋友听之任之，他知道劝告也没用，我不可能听他的。

其实，类似送礼的事我很难做，很多次朋友们请我参加婚礼，或参加什么什么会。在会场上，很多人送礼，可是我坚持不送礼，也不收他人礼物。我的人生信仰就是不收别人送的礼，也不给别人送礼，友好往来可以，送礼万万不可以。我有很多朋友，绝大多数我不送礼，有的保持了二三十年的关系，可是至今我没请他们吃过一顿饭。不是我请不起，也不是我不通人情，我重情，重义，更讲义气。可是我就是不想让朋友关系变成钱财关系，不想让朋友们每天为钱财算计他人，有钱财是朋友，没钱财也是朋友。有礼来往，没礼也来往，这就是我人生的原则，也是我人生的试金石。为什么我走了很多地方从来不求谁为自己办事？为什么我在单位很多年却从来没有贪污受贿？不是我不知道钱财的重要，而是我更知道人品和道德的重要。我经常想，自己是一个作家，要对得起作家这个称呼。我能够从一个普通百姓成长为一个作家，而且又是小城里第一位国家级别的作协会员，我所做的一切都应受到道德的约束。我不可能随声附和，也不可能做那些乱七八糟的事，我的责任就是写作，就是认真写出优秀作品。

劳动的崇高道德意义还在于，一个人能在劳动的物质成果中体现他的智慧、技艺、对事业的无私热爱和把自己的经验传授给同志的志愿。

——苏霍姆林斯基

我和散文过个年

我的一些作品需要我继续整理，起码还需要十年时间。我是想好好总结一下，将过去的作品归类，可是散文集却不同，它要求新陈代谢，最好现写现出版，这才能有读者。

春节时，有朋友约我写一篇稿子，可是想来想去觉得还是散文比较实在。小说不好写，即使写出来也是在心静，心不静写不出好小说，这几天显然心不可能静。散文则不同，并不需要心静，只要有感受，有思想，就会写出来的。每年我都有散文写出来，今年也不可能例外，例外的是今年有人约稿，开门见山指定我给他们写稿子，于是我想到了写散文。实际上，近几个月我就是在散文集中度过的，连续整理几部散文集，增添一些散文，虽然不是江郎才尽，但也是笔拙词穷。幸而我这人大才没有，小才数不清，写几十篇短小精悍的文章是绰绰有余，并不影响我的写作生活，有可能还帮助我走向新路。

坦荡地说，很多时候我是不过年的，过去因为工作忙没时间写作，只好抽空写作，过年就是我最好的写作时间。后来养成习惯，每年我都要写出几篇文章，为的是珍惜时间，珍惜自己的宝贵经历，养成好的写作习惯。近两年，约稿的文化公司多一些，有些稿子还需要修改，只好利用过年这点有限时间来完成朋友们委托的任务。不是我不想过年，也不是我不愿意过年，我与所有人一样，也喜欢过年的气氛，喜欢过年的环境，更喜欢过年的日子。然而，我们只有这一点时间是属于自己的，只有这点时间才能写出文章，如果不利用恐怕一辈子就这样默默无闻过去了，所以我异常珍惜。

其实，我和散文过新年只是一种想法，是有效利用时间的方式。实际上进入新年后，我就开始了紧张的写作。一部小说要修改，一部散文集要整理，一部小说在写作中，可是我都不能及时将它们完成，只有利用过年这段时间来完成。想来想去，只有散文适应我，整理散文集吧。在这部散文集中，以前写出的散文很多，可是有些不适应现在的读者，最好写出新意，写出读者希望得到的思想。为此，我经常提醒自己写出适合读者的小说或散文，起码也要过了五十年后仍然有读者阅读。在这里我想说，有的小说稿子绝大多数是过去写的，现在打字省了许多事，这也是我舍得利用过年来写作的原因。我手里的稿子基本上是以前写出的，现在整理出版也是在情理之中，让我珍惜的是，这期间还需要我继续整理，起码还需要十年时间。我是想好好总结一下，将过去的作品归类，可是散文集却不同，它要求新陈代谢，最好现写现出版，这才能有读者。

然而有时候，写散文时会遇到思想感情问题，感受肤浅问题，语言问题，结构问题等等，还有各式各样的情况需要解决。而写不出没感受是最大问题，甚至决定一个作家的写作生命，有的作家写出的作品读者喜爱，为什么有的写出一篇文章后再也写不出作品了，这就是江郎才尽。实际上，没有一个作家愿意当江郎，可是写作是残酷的事业，写不出也是没办法的事。

吃了兔子再过年

有的人以各式各样的善良关心动物，可是面对那些贫苦百姓他们仍旧无动于衷，对这样的人你能说他们心地善良吗？所以，我们该吃什么就吃什么。不必装腔作势；不必大惊小怪，好好生活，选择自己喜欢的东西吃，吃了兔子再过年有何不好吗？

很多人都说自己爱小动物，可是他们每次下饭店时，都有人吃肉，尤其是有人吃兔肉。我亦如此，也吃肉，而且吃过许多兔肉。当然，我吃兔肉时是过去，现在不吃了，过去吃是因为贫困，一年到头吃不到肉，所以想方设法吃动物肉，兔子肉首当其冲。我之所以这样说是因为我不装腔作势，不骗人，吃了就是吃了，没吃就是没吃，何必装假呢？

我吃兔肉是因为过年，当时每户只有半斤花生，半斤肉，包了一顿饺子后就剩不下多少肉了。幸而有人给我家送来一对野鸡，还有一只兔子，于是外祖母就将兔子与野鸡一起炖了，加上一些蘑菇，吃起来还真有味道。其实，兔肉很不好吃，瘦瘦的肉，通常是跟其他肉类放在一起，其他肉类是什么味道，兔肉也是什么味道。据说兔子是属土的，它的肉有一种土腥味，所以要把兔肉与其他动物的肉放在一起，这样吃起来才有味道。野鸡是最有味道的，加上瘦肉兔子，味道也是别开生面。

第一次吃兔肉是一个星期天，那天我刚刚从同学家写作业回来，一进屋就闻到一种肉香味道。我不知是什么肉，总觉得香，外祖母给我一块，我恨不得一口吃下去。结果，吃完也没尝出是什么味道，外祖母又给我一块，这时我才感觉到有一种香香的味道。我问外祖母这是什么肉，外祖母说是兔子肉，我说兔子肉这样香啊，外祖母就说还有野鸡肉，这两种肉混在一起吃味道更好呢。

有了这次对兔肉的理解，我和弟弟开始养兔子，我养的是灰兔子，弟弟养的是北京兔。灰兔不好看，肉多；北京兔好看，肉少，眼睛总是红的。于是有人开玩笑，如果北京兔的眼睛是红的，说明它的心是黑的，如果北京兔的眼睛是黑的，它的心一定是红的。我不知道这是什么意思，听着玩笑也不在意，然而，北京兔在我心里仍旧占有一席地位，仍旧让我喜欢。

我和弟弟连续几年都养兔子，每年过年时都吃兔肉，而且成为我家一种特色。那些岁月，肉是供不应求，有兔肉是多么好啊。可是有时也是有矛盾的，我和弟弟经常为先杀哪一只兔子争执，是单耳立的，还是双耳立的，最后的结果是哪只肉肥就杀哪一只。

有一年春节，弟弟说今年不吃兔子了，可是我说不吃兔子吃什么，结果我还是提出要求吃了兔子再过年。现在看来，一只兔子并不起眼，可是在当时一只兔子就是一个饭店，一个食堂，吃兔肉就是过年。

也许有人会说吃动物肉的人是残忍的，实际上并非如此，还有另外一个原因。小时候，经常听见大人说有关兔年恐怖的童谣：大兔子病了，二兔子瞧，三兔子买药，四兔子熬，五兔子死了，六兔子抬，七兔子挖坑，八兔子埋，九兔子坐在地上哭起来，十兔子问它为什么哭，九兔子说，五兔子一去不回来。这首童谣其实背后隐藏着一个害人的恐怖谋杀故事，谁能看出模样来吗？谁能知道为什么五兔子没回来？实际上，人就是吃肉的，哪有不吃肉的人？何况又是过年。近几年来，有的人以各式各样的善良关心动物，可是面对那些贫苦百姓他们仍旧无动于衷，对这样的人你能说他们心地善良吗？所以，我们该吃什么就吃什么，不必装腔作势，不必大惊小怪，好好生活，选择自己喜欢的东西吃，吃了兔子再过年有何不好吗？

过年的感觉真累

我觉得我们这一代人很幸运，赶上了一个和平年代，每天过的都是和颜悦色，真有什么样矛盾和问题也能在斗争中获取解决，也许这才是真正的过年感觉。

过年如同过关，感觉真累，一是钱财关，二是吃喝关，三是招待关。每天都有各式各样的情况，每天都有各式各样的人来，真是吃不完的饭，喝不完的酒，过不完的关，一个字，累。过年本来是好事，可是过起来如同过关似的，累得很，也危机四伏。现在的日子是比以前好了，可是好了的同时也发生各式各样的情况，人与人之间存在着各式各样的矛盾和问题，聚集在一起就是一种争执，朋友们是这样，亲戚之间也是这样，平时风格都高尚，喝起酒来什么也不顾了，更不用说吃了，更是累得感受深刻。

我记得我曾经写出一篇散文《回家的感觉真好》，发表在工人杂志上，可是在好的基础上涌现数不清的烦恼和不安，涌现数不清的忧郁和矛盾，我真不知道过年是愉快还是安定，是聚会还是斗争的导火线，过年如同过关一样让我不安。实际上，家家都有难唱曲，户户都有困扰歌，只不过没有人真正写出来，没有人愿意写出这些烦琐的事，更没有人愿意写出这些家丑。现在我写出来了，回家的感觉真好变成回家的感觉真累，这样的感受谁能担当得了，这样的感受谁没有呢？

其实，有就是有，没有就是没有，如同我写的《吃完兔子再过年》一样。有人总是说自己爱护动物，不吃动物，甚至写出爱兔子，可是在生活中谁没吃过兔肉，谁没吃过其他野味。吃了就是吃了，有一说一，有二说二，这就是当代作家要有的骨气。当然，这种骨气用在这里有些特别，换一个词汇也许会好一点，毕竟这是过年，与往日不一样。

可是有时我在思索，过年就不写不好的事吗？过年就不写不愉快的事吗？是的，人都有愉快的心，都有想要欢喜的时刻，可是当不愉快的事发生时，当不高兴的事来临时，我们如何面对？能把不愉快说高兴吗？能把忧郁说成兴奋吗？我不能，其他人也不可能。写作就是这样，为了安慰别人或安慰自己。有时也是掺假的，为了让人高兴故弄玄虚写出一些让人高兴的事，让人怀念。比如过年时，经常碰见朋友们请我，我请朋友们，于是就有各式各样的情况发生，涌现各式各样的故事。实际上这是最累的事，烦恼也是从这里引起的，曾几何时，我为避免这些烦恼尽可能不去吃请，朋友们的心意我领了，其他烦恼的事避免了。当然我不去他们会埋怨我，可是最大的收获就是我利用这时间又写出一篇文章，又写出一部小说，虽然累，但我认为值。

我曾不只一次对妻子说，我这一生实际上已经把自己完全交给文学了，我不求官职，不求钱财，只希望有时间写文章，有时间将我的努力变成现实。我不可能再返回过去的岁月，也不可能与人同流合污，有人想得到的我没有，有人希望达成的我不配合，即使出现各式各样的矛盾和问题，也是人世间的正常现象，我没有理由去跟他们搞争夺战。我觉得我们这一代人很幸运，赶上了一个和平年代，每天过的都是和颜悦色，真有什么样矛盾和问题也能在斗争中获得解决，也许这才是真正的过年感觉。

写出很多麻烦事，想来想去并不复杂，总得感觉过年真累，但认为过年还是真好。

走近湿地

明年这个时节，又是三月，又是鸟类飞翔的日子，又是人世间欢欣鼓舞的岁月。我想带着妻子来，让她也看一看现在的湿地是什么样，让她也知道湿地的美是绝无仅有。

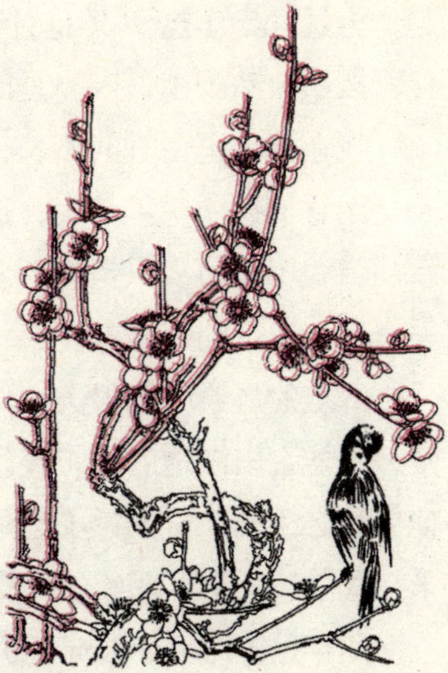

走近湿地，知道了什么叫湿地，知道了有关湿地的故事。

这是三月下旬的一天，我来到湿地，开始了一次偶然性的逗留。很多年前我来过这里，第一印象就是荒芜，没有树木，没有绿色，除了一片茫茫然的水，再也不见任何飞翔的生命。没想到几年过去，这里完全变了模样，不仅湿地漂亮了，鸟类也多了。有大雁、家燕、苇莺、草鹭、伯劳、黄莺，还有野鸭、黑水鸡，更有红腿的长脚鹬捷足先至，看着这些鸟类真的叫人兴奋。

以前，这里不叫湿地，也没有鸟类，就是一片臭水泡子。水深的地方能淹死人，水浅的地方牛马不到，距离很远就闻到怪味。也许是三月下旬，正是春暖花开的季节，湿地比任何时候都有生机。几只小船在湖畔游戏，互相追赶着，船上的人叫喊着。看着这样的景象，我情不自禁举起相机拍照，希望将船尽可能拍进景色。就在这时，忽然有人叫喊："快看啊，大鸟……"

有人说："不是大鸟，是大雁。"是啊，现在才三月就有大雁了，如果是在夏天说不上会有多少鸟类涌现在这里。我告诉朋友们，现在的湿地真好，不仅有大雁，还有各式各样的鸟，真是想看什么就会看见什么。

湿地我来过多次，哪次来也没有这次让人兴奋，让人心花怒放。我在想，再过几十年这里又是什么样，是比现在更美，更漂亮，还是不如现在？按照自然规律，应当是比以前更美更漂亮，也更激动人心。

我在湿地逗留时间不长，却对湿地了如指掌，看着飞翔的鸟儿，我的心情比它们还愉快。其实，这里好坏与我没关系，我不在这里居住，水清水浊与我不沾边，只是有朋友们提出观风赏景才不知不觉走近湿地，走近一个赏心悦目的好地方。

湿地的风景的确很美，鸟美，景美，人更美。站在观鸟台上，左右观察，这才看出湿地的真正美妙。真的是春光无限好，只是时间紧，因为其他事我必须离开，不得不与朋友们告辞。临走时，朋友们问我什么时节还来，我脱口而出，明年这时节。

明年这个时节，又是三月，又是鸟类飞翔的日子；又是人世间欢欣鼓舞的岁月。我想带着妻子来，让她也看一看现在的湿地是什么样，让她也知道湿地的美是绝无仅有。走近湿地，如同走近一幅画面，走近湿地，如同走近一个崭新世界。

其实，湿地是什么，就是人类最理想的栖息地。

凡是教师缺乏爱的地方，无论品格还是智慧都不能充分地或自由地发展。

——卢梭

看看稻田

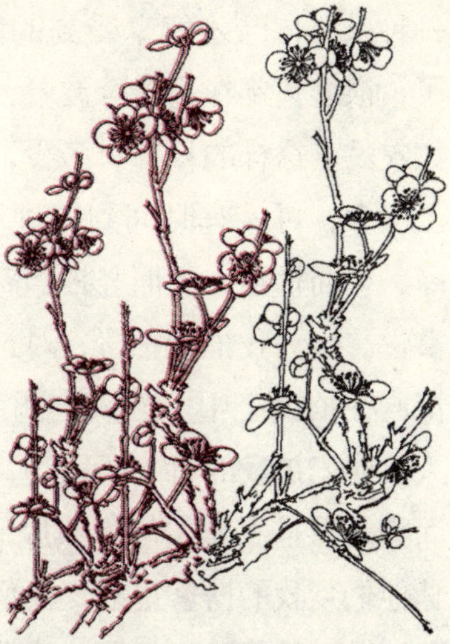

我告诉他们把我放在博客里吧，让他们到我的博客里看，他们兴高采烈，握着我的手告别。有了这个小插曲，我对稻田的兴趣更浓，情不自禁又开始自拍……

国庆长假，带着相机来到郊外，面对金黄色的稻田，我如同鱼一样游入汪洋大海，兴奋地看了又看，不由自主地一阵拍照。很久没有看见稻田了，尤其是秋天的稻田，看着金黄色的稻地心里一片荡漾。多美的稻田啊，如果早一点来看看，世界上什么样东西能打动我呢？我真后悔来得太晚了，少看了多少金黄色的浪花啊。记得很多年前我上山下乡插队时曾经在稻田里劳动过，当时我插了一天秧苗就累得腰酸腿痛，队长见我累得不行就让我给稻草喷药。我背着药箱，边走边打气，如同赵本山小品给树喷药的动作，很逗人的。可是这也是认真的活，背着沉重的药箱在田地里行走，而且还需要遍地开花，这样的劳动强度也是不小的，只不过跟插秧苗不一样。插秧苗是累腰，喷药是累腿，幸而我年轻，在地里来回走着，看着绿油油的秧苗心里很是喜欢，虽然很累，但心是高兴的。稻田是需要田间管理的，春种秋收，也是有一年四季之分。插秧苗只是春种，夏天时还需要管理、喷药、锄草、间苗，只有到了秋天时节才是收获。稻子是大米的一种叫法，通常是指尚未脱壳的，脱壳的叫大米，没脱壳的叫稻子。有人可能只知道大米是什么，不知道稻子是什么，更不知道稻草是怎么成长的，可我知道，而且有幸经历过这种劳动。虽然当时劳动很累，但现在回忆起来有一些甘蔗般的甜美，如果所有人都有这种体验，不论将来干什么，哪怕是当领导也是有收获的。

现在看着成片的稻田，我陷入了沉思，再次回忆过去的往事，沉浸在一种只有自己才能享受到的陶醉。其实现在的我们已经很少到田地观赏了，很多人都在为钱奔波着，谁知他们奔波一辈子也没赚到钱，有的还不如农民。这样的日子有多少，还有多少人想过这样的日子？想来，我为自己庆幸，可以有时间到田地看一看，哪怕是一片稻田。我在田地里很忙碌，忽而横拍，忽而竖拍，忽而拍一串稻穗，哪怕一串稻穗也是沉甸甸的喜悦。也许我忙于拍摄，对过往行人并不在意，有人叫我也没听见，只是沉溺在拍照之中。当人走到我跟前时，我才恍然大悟，原来是一对年轻人，他们被我的行为所感动，特意邀请我为他们拍照。面对盛情，我乐意而为，只是不知如何将照片送给他们。我告诉他们我把它们放在博客里，让他们到我的博客里看，他们兴高采烈，握着我的手告别。有了这个小插曲，我对稻田的兴趣更浓，情不自禁又开始自拍……其实，我们到野地里拍照不仅仅是玩耍，有时也是一种受教育。自然界的各式各样的景色给予我们的不仅仅是美丽，有时也是思想感情上的沟通，是一种自我教育的方式。希望所有的人在闲情逸致时到野地郊游，看看稻田，回顾人生，这也是一种境界。

照章就像海绵里的水，只要恳挤，总还是有的。

——鲁迅

酒香无穷

在一个培训班喝酒，我嫌脏乱，每天吃饭时我擦拭筷子，结果生出事非，某个服务员端菜时故意往我身上撞。我心明眼亮，知道是自己惹了她们，可是这也是没办法的办法，谁让筷子脏啊？后来饭厅换了筷子，我也不擦了，结果换来一片愉快。

写出这个标题时，我似乎闻到了一股酒香，可能是我参观酒厂时留下的印象。其实，这个酒厂我离开几年了，至今仍旧口有余香，身有余香。不是我馋酒，而是酒在我心里扎下了根，或者说酒厂在我脑海里形成一种潮流，想不写这个标题都不行。为了避免有人说长道短，还是不写出参观哪个酒厂最好，一是证明我与酒厂无关，二是证明酒厂与我无关。说白了，我没拿酒厂的钱财，也没得到酒厂给予的宣传费，所以写出酒厂完全是为了应付这次“武酒坛藏”杯全国散文有奖征文启事。我写的这篇散文与这个酒厂无关，只是与酒有关，毕竟人家征集的是有关酒的散文，我爱好散文，爱好酒的文化，不写有些对不起散文。

还需要说明的是我爱好酒的文化，不是爱好喝酒，很多场合我是不喝酒的，也反对喝酒。可是我反对没用，数不清的人仍旧爱好喝酒，数不清的酒厂仍旧生产各式各样的酒，那些名牌酒更是让人难以忘怀，连我这不喝酒的人也想方设法喝几口。我到酒厂参观时，并没看见有什么奇怪的现象，只是发现有些酒杯很精美，握在手里爱不释手，想着这杯如果拿回家该多好。然而想是想，没有谁送我这份礼物，我也没拿来充实自己。不是自己的我不要，这是我的人生准则，也是原则。虽然我不爱喝酒，但不是一口不喝，有些场合我还需要喝酒，而且有时还需要喝得滚瓜烂醉。不喝醉不足以待人，不喝醉不足以显示诚意。有了这些借口，每当我喝酒时都有喝醉的场合，表现为有时踢朋友一脚，有时抱怨社会对自己不公平，闹得满城风雨，气得领导下次不逼我喝酒。可是到了下一次，领导还是派人叫我喝酒，他们说不叫我喝酒没意思，叫我喝酒才能踏踏实实，而我也是心照不宣。其实喝酒不是现代人都会喝的，自古以来就有数不清的名人喝酒，如曹操的《短歌行》："对酒当歌，人生几何？譬如朝露，去日苦多，慨当以慷，幽思难忘。何以解忧，唯有杜康。青青子衿，悠悠我心。但为君故，沉吟至今。呦呦鹿鸣，食野之苹。我有嘉宾，鼓瑟吹笙。明明如月，何时可掇？忧从中来，不可断绝。越陌度阡，枉用相存。契阔谈宴，心念旧恩。月明星稀，乌鹊南飞，绕树三匝，何枝可依？山不厌高，海不厌深，周公吐哺，天下归心。"还有李白于醉酒写出的诗句就有很多：

李白的《将进酒》："君不见黄河之水天上来，奔流到海不复回。君不见高堂明镜悲白发，朝如青丝暮成雪。人生得意须尽欢，莫使金樽空对月。天生我材必有用，千金散尽还复来。烹羊宰牛且为乐，会须一饮三百杯。岑夫子，丹丘生，将进酒，杯莫停。与君歌一曲，请君为我倾耳听。钟鼓馔玉不足贵，但愿长醉不复醒。古来圣贤皆寂寞，唯有饮者留其名。陈王昔时宴平乐，斗酒十千恣欢谑。主人何为言少钱，径须沽取对君酌。五花马，千金裘，呼儿将出换美酒，与尔同销万古愁。"

李白的《行路难》："金樽清酒斗十千，玉盘珍馐直万钱。停杯投箸不能食，拔剑四顾心茫然。欲渡黄河冰塞川，将登太行雪满山。闲来垂钓碧溪上，忽复乘舟梦日边。行路难，行路难，多歧路，今安在。长风破浪会有时，直挂云帆济沧海。"李白的《金陵酒肆留别》："风吹柳花满店香，吴姬压酒劝客尝。金陵子弟来相送，欲行不行各尽觞。请君试问东流水，别意与之谁短长?”而他的《少年行》更见特色:“五陵年少金市东，银鞍白马度春风。落花踏尽游何处，笑入胡姬酒肆中。”李白的《宣州谢朓楼饯别校书叔云》:“弃我去者昨日之日不可留，乱我心者今日之日多烦忧。长风万里送秋雁，对此可以酣高楼。蓬莱文章建安骨，中间小谢又清发。俱怀逸兴壮思飞，欲上青天揽明月。抽刀断水水更流，举杯消愁愁更愁。人生在世不称意，明朝散发弄扁舟。”李白的《客中行》:“兰陵美酒郁金香，玉碗盛来琥珀光。但使主人能醉客，不知何处是他乡。”李白的《月下独酌》:“花间一壶酒，独酌无相亲。举杯邀明月，对影成三人。月既不解饮，影徒随我身。暂伴月将影，行乐须及春。我歌月徘徊，我舞影零乱。醒时同交欢，醉后各分散。永结无情游，相期邈云汉。”李白如此，其他诗人也如此，关于酒的诗歌根本数不清。

杜甫的《赠卫八处士》:“人生不相见，动如参与商。今夕复何夕，共此灯烛光。少壮能几时?鬓发各已苍!访旧半为鬼，惊呼热中肠。焉知二十载，重上君子堂。昔别君未婚，儿女忽成行。怡然敬父执，问我来何方。问答乃未已，儿女罗酒浆。夜雨剪春韭，晨炊间黄粱。主称会面难，一举累十觞。十觞亦不醉，感子故意长。明日隔山岳，世事两茫茫。”还有《闻官军收河南河北》:“剑外忽传收蓟北，初闻涕泪满衣裳。却看妻子愁何在，漫卷诗书喜欲狂。白日放歌须纵酒，青春作伴好还乡。即从巴峡穿巫峡，便下襄阳向洛阳。”而另外一首《饮中八仙歌》写出李白喝酒时的气魄:“知章骑马似乘船，眼花落井水中眠。汝阳三斗始朝天，道逢曲车口流涎，恨不移封向酒泉。左相日兴费万钱，饮如长鲸吸百川，衔杯乐圣称避贤。宗之潇洒美少年，举觞白眼望青天，皎如玉树临风前。苏晋长斋绣佛前，醉中往往爱逃禅。李白一斗诗百篇，长安市上酒家眠，天子呼来不上船，自称臣是酒中仙。张旭三杯草圣传，脱帽露顶王公前，挥毫落纸如云烟。焦遂五斗方卓然，高谈阔论惊四筵。”

我喝酒一般是他人请我，自己出钱请人的极少，毕竟我的年龄和威望在此没有谁与我争酒。在桌上喝酒，我是看人下菜碟，朋友们聚会我可能多喝，有领导在我可能少喝，有陌生人在我可能不喝。当参加婚宴时，尽可能少喝，或不喝。我的酒量不大，稍稍喝几杯就不知东南西北，平时话少得可怜，喝过几杯酒后话便开始增多，把很多年不想说的话都说了出来。实际上喝酒还可以壮胆，以前见领导不敢抬头看，甚至见了女孩子也不敢正眼瞧一眼，喝酒后性格变化迅速，不敢见的领导敢见了，不敢看的女孩子也敢看了，而且还可能跑到街头指挥交通。更让人哭笑不得的是，明明是朋友们请自己喝酒，喝多后居然非要自己掏钱请朋友们不可。曾几何时，朋友们喝酒不再叫我，问他们为什么，他们说怕我花钱。到底是朋友们了解情况，不想我破费。其实喝多喝少无关紧要，关键是朋友们相聚时的感情，不是有一句顺口溜吗？感情深，一口闷；感情浅，用嘴舔。

我虽然这样说喝酒，实际上我对酒是深恶痛绝，然而我对喝酒又是无能为力。以前我是极力反对人聚会喝酒的，可是工作后每天都喝酒，真的让人每天如醉如仙，不知道自己是什么样的人，也不知道自己喝了多少酒。上面来人喝，下面来人也喝，外地来人喝，所在地来人也喝，喝得天花乱坠，喝得劳民伤财，没有人管我们喝了多少酒，也没有人限制我们喝，只要有酒就要喝。其实酒是什么，为什么要喝酒，这个问题我说不清楚，喝起来经常是找不到北，甚至半夜三更回家吐得满床都是。气得妻子咒骂，喝人肚子还喝狗肚子了？可是骂也没用，还需要喝，生命不止，喝酒不止。

喝酒有时会忘了自己，记得在一个培训班上，几十个学员轮流喝酒，我不会喝，有人就利用职权逼我喝酒。而且还用上了公安局对付犯罪分子那一套，先将我灌醉，接下来询问我一些事，直到我清醒后才恍然大悟，原来朋友们有时也是别有用心。在一个培训班喝酒，我嫌脏乱，每天吃饭时我擦拭筷子，结果生出是非，某个服务员端菜时故意往我身上撞。我心明眼亮，知道是自己惹了她们，可是这也是没办法的办法，谁让筷子脏啊？后来饭厅换了筷子，我也不擦了，结果换来一片愉快。

说了一堆闲话，都与酒有关，反对喝酒也没用，拒绝喝酒也不行，会喝不会喝都得喝。人情无限，酒香无限，就连这征文也要写出与酒有关的标题。酒不是好东西，酒又是好东西，人世间离不开酒，自然离不开酒厂了。写出一篇酒文，说了一些酒话，回头收酒厂一瓶子好酒，替他们宣传一下也是可能的事。谁让咱们中国酒文化渊远流长。

寻找生活

看看电视剧，哪个有钱人是欢乐的？哪个有权人是欢乐的？很少。因此，寻找生活不是寻找钱财，寻找权力，重要的是寻找欢乐，寻找让自己振奋的生活方式。

在城市里住久了，对一些水泥楼台有些烦闷，于是千方百计外出旅游，企图寻找适用自己的生活。绿色就是其中之一，有绿色心中愉快，干什么也不感到累；没有绿色心里烦躁。因此想方设法出来旅游，哪怕离开城市，离开单位，离开人群也是好的。

寻找生活干什么，这是一个小问题，也是一个大问题。生活五彩缤纷，还需要寻找吗？实际上寻找生活只是针对个人而言，并不是所有人都需要去寻找生活。只是个别人缺少生活乐趣，缺少生活的力量，于是寻找生活。我自己也在寻找生活，我想换一种生活方式。连续出版几本书，心里有一种放松的感觉，是心花怒放吗？是趾高气扬吗？是扬眉吐气吗？是，又不是，都有。下一步干什么先不愿想，只想让自己轻松，只想让自己愉快。沉重了很多年，轻松一下有何不可？为什么总被痛苦压迫？有时我在问：中国人怎么了，为什么老百姓总是叫苦连天？

寻找生活方式很多，就看利用什么样的方式寻找，找到什么样的生活。利用微博也是可以寻找生活的，每天发一篇微博，与读者交流。有时也可以利用电视台，比如国庆节我发了一条微博祝福："用自己的真心爱自己的国家，爱自己的人民，爱自己的家庭，这是所有中国人的心愿，希望每一个中国人，在祖国的大家庭里工作愉快，生活幸福。"这条微博被辽宁电视台采用，漂亮的女主持人播放后，真的让很多人感动。由此可见，寻找生活的方式有多种，不是尚未找到，而是尚未发现。

不知为什么，每天都有电脑系统被人改动的痕迹。有时很烦人，他们为什么要这样，其实他们是在改动系统，目的就是让我多多点击。可是我是看哪个网站新闻多，哪个网站文章好，哪个网站受欢迎，我才去浏览。如果非让我去点击，一是我没时间，二是文章并不吸引我，怎能随便去点击呢？希望在网上有一个安全的地区，或多或少这就是寻找的原因，下一步还需要继续寻找。其实网络生活也很有意思，只不过我们没有时间在此共享，寻找生活也是寻找网络。现在的生活方式各式各样，寻找的办法也是各式各样，哪里都有五彩缤纷的生活，哪里都有出其不意的效果，如何寻找的确是一个持久战。

寻找生活实际上就是寻找愉快，寻找幸福。有人曾经提出问题：什么样的生活是幸福。很多人认为写出著作说明幸福。我觉得现在的人把生活水平高低当成幸福了，把有钱有权当成幸福了，实际上有钱有权并不是幸福，有钱有权的人他们愉快吗？的确，有钱有欢喜，有权也有欢喜，但并不能说明有钱一定有欢乐，有权一定有欢乐，这也要因人而异。看看电视剧，哪个有钱人是欢乐的？哪个有权人是欢乐的？很少。因此，寻找生活不是寻找钱财，寻找权力，重要的是寻找欢乐，寻找让自己振奋的生活方式。

第四辑

树在远方

降雨的时候人喜欢站在树下避雨，阳光足的时候喜欢站在树底下乘凉，闲情逸致喜欢看风景，实际上就是看树木。

树在远方

多少年过去，虽然树在远方，但树一直在我的心里，只要有时间我就会思念树木，思念那些绿色的荫凉。树在远方，却掀起我心中的忧伤……

什么样的树在远方，什么样的人对树怀念，这是我最想知道的问题，也是最近我研究的项目。我不是林业专家，也不懂树木的作用，可是我知道树木是人类必需的产物，没有树木是不行的。树在远方，也在我的心里，有树的地区就有人居住。

坦率地说，树木是人类的朋友，有树木就有人类，有人类应当有树木。过去盖房子绝大多数是用树木，即使现在水泥多了也会使用树木，没有没有树木的房子，没有没有树木的路线。为什么现在各城市都有花园，都有树木，这就是人类的居住条件在改善。自古以来，中国人就是靠树木生存的，最先居住的地方是在树上搭建一个窝，人就居住在树上。后来有了火，有了食物，他们发现在树上居住并不是上策，于是有人发明房子，发明楼台，直到现在的楼房，这就彻底改变了人类的居住条件。

可是最近几年树木变得越来越少，大街小巷树木寥若晨星。人类为什么对树木如此依赖？因为树木可以挡风挡雨，任何洪灾在树木面前都会退缩，树木可以保护自然资源。树木与人是一样的，也是具有生命，具有灵感的，有树木的地区就有人类。有人做了统计，现阶段的原始森林已经剩余不多了，人类建成的城市越来越扩大化，林区也在渐渐减少，真正的树在远方。没有人关注树木，个别领导者只注重城市扩大化，注重 GDP，结果百姓生活水平上不去，闹得民众抱怨。其实树木是什么时候离开城市的，又是什么时候返回城市的，这个问题很难说清。小时候到处看见树木，长大了四面八方是楼群，没有树木，就是有树木也是绿化的结果，是领导者花高价从外地购买的，这样的树木能持久吗？

树是什么？不仅居住环境需要树木，人的日常生活也离不开树木。比如我们的家具，过去桌子椅子都是树木做成的，连吃饭用的盆子勺子也是用树木做的，只不过现在城市发展，科研成果多了，不再使用树木了。然而生活中的树木还需要，那些古雅的办公室装置绝大多数是树木做的，办公桌，电脑桌，都有树木材料，包括日常使用的筷子也是树木做成的。由此可见，树木在人类社会所起的作用是巨大的，没有树木是不行的，人类生存是离不开树木的，哪怕是睡觉也离不开树木。

降雨的时候人喜欢站在树下避雨，阳光足的时候喜欢站在树底下乘凉，闲情逸致喜欢看风景，实际上就是看树木。为此，我曾拍过很多有关树木的照片，拍摄树木的千姿百态，让更多的人欣赏树木的美。与此同时，我也发现，有价值的树木越来越少，绿化成了社会的当务之急。很多年前，我在乡下看见一棵古树，模样神乎其神的，可是至今没有保存下来，真是遗憾。多少年过去，虽然树在远方，但树一直在我的心里，只要有时间我就会思念树木，思念那些绿色的荫凉。树在远方，却掀起我心中的忧伤……

熟悉的风景

返回的路上我在想，其实再熟悉的风景也是有变化的，世界上哪有不变的？我是在这座城市长大的，类似今天的角落有多少，类似眼前的景色有多少，一切我并不熟悉。

国庆长假，很多人都去旅游，我为了省钱不去外地，就在所在地寻找拍照的风景。吃罢早饭后，我写出一篇文章，然后感觉眼睛有些累，就拿来相机走出房门。原来想与朋友们一起去，乘车方便，可是我忽然想骑自行车去。乘车有时在一些风景区汽车进不去，到时还是自己走路，与其如此，不如骑自行车更方便。

久在这座城市居住，哪里风景好；哪里风景不好，我是一清二楚的。出了门，顺着立交桥朝西，上了高速公路，拐弯抹角就到了郊外。这里是我平时常来的地方，风景秀丽，车来车往方便，而且又是交叉路口。然而就是这个交叉路口让我为难了，站在这里犹豫了好久也不知道朝哪个方向走了。一条路直通乡下，一条路通往公路，一条是不知名的乡土路，我站了一会儿，朝乡土路奔去。我之所以选这个方向，是看中远处有一片树林，在秋高气爽的季节里显得格外绿。

在乡土路上骑自行车我自然格外小心，边骑边寻找风景，田地里有人在捡粮，人不多，十几个。如果是在以前，捡粮的人起码有几十人或几百人，现在人们生活水平高了粮食不缺，捡粮就成了风景。我情不自禁拍照，为这几个捡粮人，想着如果再增加几个人就好了。可是哪里有人啊？远处是一片田地，再远处仍是一片田地，没有人来，人都去了哪里？我怀疑，现在的人都去了哪里，为什么田地里看不见人呢？秋天到了，收获的季节也到了，怎能没有人在地里忙碌呢？其实这几天我都为这个问题烦闷，秋高气爽的季节田地里居然没有人收获，他们干什么呢？难道他们都有钱财吗？都有粮食吗？即使这样，地里的粮食也要收获呀。我又往里寻找，总算看见几只蝴蝶在飞，我的兴趣来了，慌忙拍蝴蝶。奇怪的是，蝴蝶只是低飞，并不落，而且镜头里也看不清。我站在那里静静等待，几分钟过后，果然有几只蝴蝶飞了过来，我慌忙按快门，管它看见看不见我都按快门，就这样了。

拍照是一个艺术活，也是考验拍摄者眼力的事，看着是一个好风景实际上拍照下来风景并不好，类似这样的照片我拍了很多。如同眼前的风景并不入眼，拍完蝴蝶再拍树，各式各样的树木千姿百态，碗口粗的树，一人高的树，有叶的没叶的……都在我的拍摄下。不知不觉时间过去了很久，太阳已经升到头上。我兴致正浓骑车朝里走。渐渐地，我发现乡土路不见了，前面是一条水泥铺成的路。这是哪里的路呢？村子里能有钱铺这样的路吗？如果一个村子能铺成这样的水泥路说明这个村子真是有钱，连乡土路都变成水泥路。更让我奇怪的是，这个村子我以前没来过，也没听说过，怎么忽然冒出一条水泥路呢？

我一边拍照一边思索，蓦地，我发现，这里是部队驻地，有兵守卫。我恍然大悟，远方是一个机场，这里的兵就是保护机场的，用不着解释，水泥路就是为驻地修筑。既然是军事基地我也没必要继续拍摄，换个地方拍吧，可是风景就是不入眼。秋天的景色应是入镜的，可是眼前的秋天很萧条，田地里没有生龙活虎的场面，农民寥寥无几，我发出了疑问，这是秋天吗？是田地吗？我感到城市的陌生，以前我自以为自己是最熟悉这座城市的，现在我明白了我并不熟悉城市，即使熟悉的城市我也不熟悉城市的每个角落，有些熟视无睹的风景郑重地观察一下，原来十分陌生。返回的路上我在想，其实再熟悉的风景也是有变化的，世界上哪有不变的？我是在这座城市长大的，类似今天的角落有多少，类似眼前的景色有多少，一切我并不熟悉。如果有时间我是不是多走几个地方，多看看哪个地方值得我拍照，哪个地方应当去了解情况。否则我真的在城市枉住一回，枉为这座城市的居民。

父亲和母亲是如同教师一样的教育者，他们不亚于教师，是富有智慧的人类创造者，因为儿子的智慧在他还未降生到人间的时候，就从父母的根上伸展出来。

——（前苏联）苏霍姆林斯基

初冬的绿色

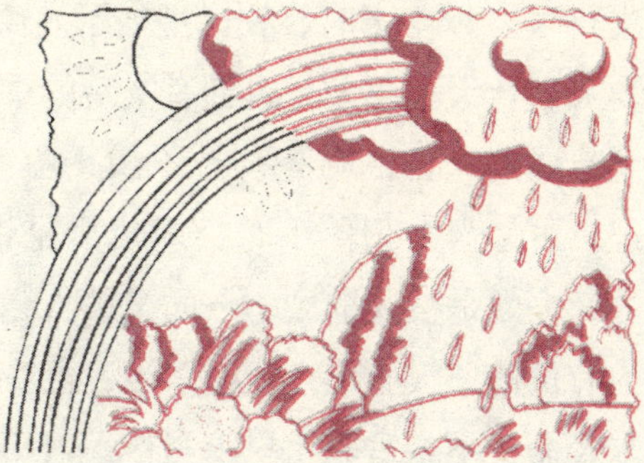

初冬的绿色不多了，生命的春天也所剩无多。然而如何面对初冬，如何面对绿色，这是每一个人所要面对的问题，希望所有生命都能顺利度过寒冷的季节，迎接沸腾的春天。

早晨跑步时，忽然抬头看见树叶在往下落，我知道秋天已经消失冬天开始降临。同时我也看见高处有些树叶并没有掉落，还有浓浓的绿色，在一片黄树叶的时节，能看见一片绿色也是一种希望。透过这些树叶，我看见绿色的希望，同时也看见另一方面问题。老人如同初冬的绿色，越挣扎越没几天绿色，越挣扎距离萧条越近了。也许，初冬的绿色给我的启示，如同老人一样也是在渐渐萧条。有时我为自己年轻感到幸运，为自己抽空写出文章感到自豪，也为自己得天独厚感到满足。

生命有多少真已是自己的？没有人会算计出生命有多少是自己的，可是我知道只要将生命利用好就是自己的，比如时间，比如吃饭，比如各式各样的约会，都有时间限制，利用好了就是节约时间，节约时间就是节约生命，节约生命不就是节约自己的时间吗？时间就是生命，时间就是效率，这话不知有多少人说了，至今仍有意义。尤其是针对老年人来说意义更是重大，他们的年龄一年比一年增加，如同初冬的绿色一样，说不上哪一天他们就会叶落归根，就会从空中掉下来，就会结束浓厚的绿色。然而叶落归根固然可贵，叶落是为明年打基础，是生命的延续，可是人的生命还有机会再现吗？这是我写出这篇文章的关键，是中心，是主题，也是感叹。

在搞活经济的年月，人心还有多少红色，还有多少经历能让人感动？当我写出N本书时，我已经老了。由此可见，人生不仅拥有春天，也拥有夏天、秋天和冬天，更拥有灰暗的季节。不要仅看见太阳的美好，也要看到暗淡的光芒，明亮有时不属于哪个人。当太阳升起来时，世界一片辉煌。可是当太阳落下时，黑暗又是谁的呢？光明和黑暗从来就是两种极端，一面是被人歌颂，一面又被人谴责。实践证明，有钱人没价值，没钱人有价值，人生不在钱财多少，而在人的品质。我这人平时不求钱财，不求寿命，不求官职，只求写作。对事业，对文学，对国家，对民族，都有忠诚，悄悄写，悄悄生活。在我看来，一个人有多少文化教育决定人的前途，一个社会有多少人才决定社会公德，文化体制改革就是要改那些膨胀的私心杂念。

早晨跑步跑出了生命的哲理，也跑出了生命的感叹，初冬的绿色不多了，生命的春天也所剩无多。然而如何面对初冬，如何面对绿色，这是每一个人所要面对的问题，希望所有生命都能顺利度过寒冷的季节，迎接沸腾的春天。

幸福，就在于创造新的生活，就在于改造和重新教育那个已经成了国家主人的、社会主义时代的伟大的智慧的人而奋斗。

——奥斯特洛夫斯基

让自己强大

为了抵御外国人，中国人就要一致团结起来搞活经济，让自己的国家强大；让自己强大，只有强大了才能与外国人抗拒。

让自己强大，不是一句普通口号，在我的心里占有显著位置。一个人是否强大，是否具有其他人没有的内心世界，就看他平时对待朋友们如何。对朋友好的他是具有责任感的人，对朋友差的他是私心重的人，而心里没有他人的人可能就是一个我行我素私心杂念比较重的人，不值得尊敬。让自己强大，不是让自己横行霸道，胡作非为，而是让自己善良，让自己多多地帮助他人。

很多时候我希望自己强大，希望跟那些所谓强大的人抗拒，让他们知道不是只有他们强大，我也是强大的。可是什么样的人算强大，我怎样做才能变得强大？在我看来，世界上只有那些真正懂得帮助他人的人才能算强大。

让自己强大不是一句空话，有时为了强大还需要忍耐，人不是有了权势就是强大，也不是有了钱财就是强大，强大是在人的心里，是在精神方面的。如果一个人精神强大，当他遇到困难时就会想方设法寻找解决的途径，而且很容易在艰难险阻中取胜。一个人精神强大，远比他有多少钱财，有多大权势要重要得多，当今世界上绝大多数国家都在搞活经济情况下寻找避风港，可是精神强大的国家或民族绝对不可能寻找避风港，他们肯定会在风起云涌的形势下同甘共苦，共同对付外在势力。在这方面中国人做得比较好，中国有一句俗语“得民心者得天下”，所谓民心就是精神力量，比那些有枪有炮的其他国家侵略者强大得多，有力量得多。

对于中国人来说，强大意味着什么，外国人十分清楚，因此他们想方设法阻碍中国强大，千方百计阻挠中国搞活经济，他们害怕中国人强大起来。自古以来，中国人好内斗，可是自古以来，中国人也爱国。在这一点上，外国人的确不如中国人，那些穷乡僻壤的外国人还不如中国人的一半，他们的生活水平低劣，在经济上他们并不强大，还希望中国人经常帮助他们。可是中国人也有不如外国人的地方，很多外国人还是有钱的，军事强大，经济同样也强大，他们勾结起来一起对付中国人。为了抵御外国人，中国人就要一致团结起来搞活经济，让自己的国家强大，让自己强大，只有强大了才能与外国人抗拒。

然而如何强大，这就要努力修炼自己，不要让自己的心在角落里疼痛。心痛的滋味，这是我多年来所经历的最痛苦的事。每当遇到痛苦都习惯于将自己逼到角落，不想被人看见，也不想让人看到自己软弱。什么时候心最痛，什么时候心里最愉快，我不知道，我只知道写作顺利时愉快，写作烦闷时忧郁。至于心痛只发生在角落，角落里的疼痛是不被人注意的，痛到什么程度也没人知道，痛，只有自己知道。不知为什么，最近一直不爱写作，不是不想写，是写不下去了。可能生活中不如意的事多，对人对社会都有困惑，所以写作就有些难下笔。为什么会这样？这是多少年来的第一次，也是我真正感到人生苦难的第一次，心痛，伴随着心伤。人在什么样情况下会伤心，只有人格被污辱时；而我现在就是如此。人在心痛后是最容易强大的，我也是一样，每心痛一次都强大一次。有时我想，心痛是否意味着成长，是否意味着成功？

劳动的崇高道德意义还在于，一个人能在劳动的物质成果中体现他的智慧、技艺、对事业的无私热爱和把自己的经验传授给同志的志愿。

——苏霍姆林斯基

东北的时光

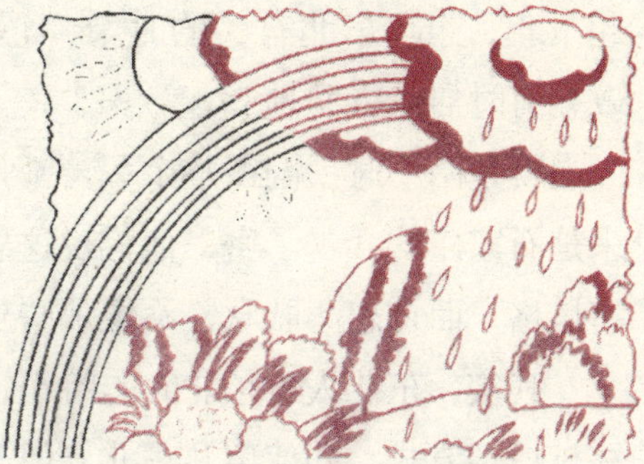

作为东北人我感到自豪，为自己的强劲感到安慰，我敢说除了东北人敢于亮出自己的思想感情，外地人是没有勇气说明自己在干什么或不想干什么，这是东北人最显而易见的特殊性。

没有谁研究东北的时光是什么样，也没有谁对东北的时光有什么合理化建议，可是我有，而且不止一次。东北的时光是有特色的，首先是它的寒冷，接下来是小雪，然后是冷嘲热讽般的狂风。其实，这只是外表现象，真正的东北是温暖的。只有长期生活在东北的人才能感受到，不是东北人感受不同，即使是东北人感受也不同。东北是一年四季最有特色的地区，春天是一年的初始阶段，也是一年里最关键的季节，在这个季节里生活的人都有一种感受，越是春季越是繁忙。春种秋收，概括很形象。

实际上，东北时光就是东北特色，了解东北特色就了解了东北时光。一个东北人能够走出东北去看世界，想起往事很多年前我去过北京，那时候离开东北时我是与队伍共同走的，那些日子里每天都有送行的人群，还有亲戚朋友们，可是我的心里非常想离开，目的就是参加人民解放军，而且地址就在北京。这时我就毅然选择离开东北。

离开东北后，看见了从来没有看到的景象，柿子树，核桃树，遍地开花的桃花，这时我才知道一路上有数不清的景色。都是以前没有看见过的。还有北京市的美丽景色，天安门城楼的壮观，长安街头的辽阔等等，都有数不清的期待，数不清的惊喜，一个东北人看见了东北外数不清的景象，看见了东北外数不清的景色，这是多么幸运的事。然而，这时我又想起东北，想起东北有关的时节，心里不知不觉就涌现思念，涌现思乡的歌，有时居然大胆地唱起歌来。有一次，我们几个战友围着一台录音机，一唱就是两小时，闹得整个军营都是歌声缭绕。为这事我还挨过批评，原来是石家庄的兵告了密，他们说这事是我领头。这时我才知道东北人不仅有风格，而且忠心耿耿，不像那些外地人虚荣心强，有事也不敢承认。

其实，东北人有东北人的特点，东北人有东北人的性格，东北人并不注意说话方式，即使离开东北，但一听说话就知道是东北人，南方人说话慢声细语，东北人说话粗糙大嗓门，这就是东北人与南方人的特点。我是东北人，说话自然带着东北人的粗糙，然而我的普通话说得还是不错的，几年的北京生活让我说了许多普通话，甚至有人以为我就是北京人。实际上在北京几年我没有真正表现东北人的生活方式，但是骨子里毕竟是东北人的性情，说话办事风风火火雷厉风行，复员后我才知道不论在什么地区，我都是地地道道的东北人。作为东北人我感到自豪，为自己的强劲感到安慰，我敢说除了东北人敢于亮出自己的思想感情，外地人是没有勇气说明自己在干什么或不想干什么，这是东北人最显而易见的特殊性。

我不知道别人如何想，我是离开东北想东北，身在东北又想外地，也许这就是现阶段的特点。

我的读书习惯

有思想感情的人读书就是锦上添花，哪怕读几个字他也能从中领会到其中含义，这样的人读书无孔不入，是真正的读书者。

我有几年不怎么读书了，想读书时只是在书店转一圈，看看书店的书名，半小时后，脑海里基本有了一些信息。我的这个读书习惯是从小养成的，一是没钱买书，二是借书也是要还的，除了自己的书外，其他所有书都是要还的，于是养成了这种读书习惯。说是读书习惯，不如说是读书技巧，或者说是一种阅读的方法，多少年来，我有这样的习惯真的让我长了很多见识。

人有习惯是好事，问题是什么样习惯，有的人有习惯是好事，有的人有习惯是坏事，然而读书习惯是每一个人都有的。工作忙时，我读书，为的是迅速了解情况，然后做好分内的事。虽然读书有限，或多或少也让我产生满足感，毕竟我了解书店进了什么样新书。即使闲情逸致我也是这样读书，极少买书，何况现在书价贵，买书不如借书，借书不如租书，而租书不如我到书店浏览。经常告诫自己，在搞活经济潮流中，回到文学起点认真读一本书。也许我的想法单纯，可是就这样的想法我用了十几年，或二十几年，或多或少是我读书的原因。我不是一个好高骛远的人，可是因为读书我改变了自己，于是我养成了读书的好习惯。现在谈读书习惯是因为我会写作，如果我不会写作还需要谈读书吗？还需要读书习惯吗？用不着解释，很多人跟我最初的想法一样，都有一个逃避的过程，而且逃避时恰巧有了读书时间，这些读书时间积累久了就是习惯，我的读书习惯就是在积累中形成的。

我不愿意高谈阔论，可是每每听见其他人在高谈阔论时我情不自禁也想高谈阔论。我发现每当自己高谈阔论时，有很多人羡慕，有的还感到吃惊，他们可能想不到我这样严厉的人也会高谈阔论，更想不到高谈阔论会带动很多人读书。有人提出书分两种，一种谋生，一种谋心。我可能属于后者，毕竟前者至今没见钱财，所以我只能是谋心的一种。可是真能谋心吗？我曾写出一篇文章《文学是写心的事业》，在这篇文章里我第一次提出文学是写心的事业，可是现实生活中文学真能写心吗？闲情逸致时我思索，读书真的谋心吗？毕竟有数不清的书籍在眼前，哪怕读过一本也是心领神会，或多或少这就是读书习惯吧。也算谋生的方式。其实，一个人的读书习惯并不是因为他喜欢读哪部书，而是由他的生活水平或生活方式决定的，同时决定的还有他的气质，他的生存习惯。有思想感情的人读书就是锦上添花，哪怕读几个字他也能从中领会到其中含义，这样的人读书无孔不入，是真正的读书者。一个人是否养成读书习惯，也是由他的意志决定的，胸有成竹与胸无大志是不可能相提并论的，越是有大志向的人越是喜欢读书。

劳动是有神奇力量的民间教育学，给我们开辟了教育智慧的新源泉。这种源泉是书本教育理论所不知道的。我们深信，只有通过有汗水，有老茧和疲乏人的劳动，人的心灵才会变得敏感、温柔。通过劳动，人才具有用心灵去认识周围世界的能力。

——苏霍姆林斯基

学会包装自己

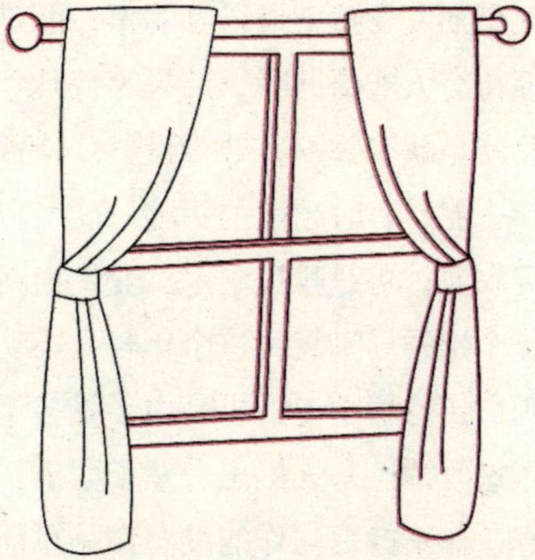

曾经有人为寻找自由丢失了自由，为寻找幸福丢失了幸福，实际上有些自由就在自己身边，为什么还需要寻找呢？还有那些数不清的人为了钱财丢失了钱财，为了权力丢失了权力，甚至为了生命丢失了生命，这样的寻找有意义吗？

一出门就会收到一捧名片，有作家朋友们的，有企业家朋友们的，还有很多是影视业朋友们的，他们知道我写出很多小说，也了解我的创作情况，所以他们愿意跟我合作，愿意跟我交朋友。实际上我也愿意跟他们合作，跟他们交朋友，只不过我想说的是他们送我的名片上写出的各式各样称呼，真的让我不知道称呼什么职位更恰当。然而我觉得他们很会包装，以前被很多朋友们看不起的人一看名片肃然起敬，在名片下他们写出的职务真的很诱人。于是我想还是包装好，什么商品经过包装都能卖上一个好价，人也是一样经过包装也面貌一新，然而如何包装才能面貌一新？这的确是一门学问。比如人的身份，人的名片，人的职务，人的住宅，人的城市，人的家庭出身，人的亲朋好友等等，只要包装都有面貌一新的可能性。

美国有句谚语，“打不过的敌人就是朋友”。如何成为朋友，这就需要包装了，而包装最好就是利用名片。一张名片并没有什么，只不过在印刷上可以看出，装饰好点的，装饰一般的，只有少数人才是装饰高级的。接下来就是上面写出的名称职务，各式各样官职五彩缤纷令人刮目相看，平时看这人不怎么样，可是看了名片后恨不得找地缝钻进去。我曾经着手办一个东北影视中心，当我在东北各地走了一圈后，我感到这不是一个人或几个朋友支持就可以办的事，而是一个部门，或几个部门办的事，于是我等待有人能帮助我，结果等待几年也没有结果。办一个影视公司第一个问题就是缺少钱财，缺少设备。我曾拥有超前的头脑，可是超前的头脑能干什么呢，有时超前的头脑只能给自己带来灾难。比如很多年前有人提出重视农业，可是我提出走工业化道路，迅速搞活工业与城市经济，可得到的是个别领导嘲笑我这个年轻人不切实际。我搞文学，有人嘲笑我话都说不明白还能写小说，可是由于我多年来坚持写作，出版了很多书，并得到了作家职称。有人提出一辈子写出一部作品就行了，可是我提出写得越多越好，作家就是写作的没有作品算什么作家。有人嘲笑自费出书，可是我赞成自费出书，现在数不清的人都在自费出版，而且拥有一批读者。我提出杂志一报多办，结果他们嘲笑我天真，现在看来，这些天真都有人在做，而且做得很有成绩。

经常看见有人包装自己，实际上他们什么作品也没有却想在文坛上混，然后千方百计寻找借口包装自己。人为何不去努力拼搏，非要想方设法包装自己呢？有时我也怀疑，可是怀疑也没用，有的人就是这样包装自己，连他们的公司也是靠包装度日。曾经有人为寻找自由丢失了自由，为寻找幸福丢失了幸福，实际上有些自由就在自己身边，为什么还需要寻找呢？还有那些数不清的人为了钱财丢失了钱财，为了权力丢失了权力，甚至为了生命丢失了生命，这样的寻找有意义吗？

给年轻人一个希望

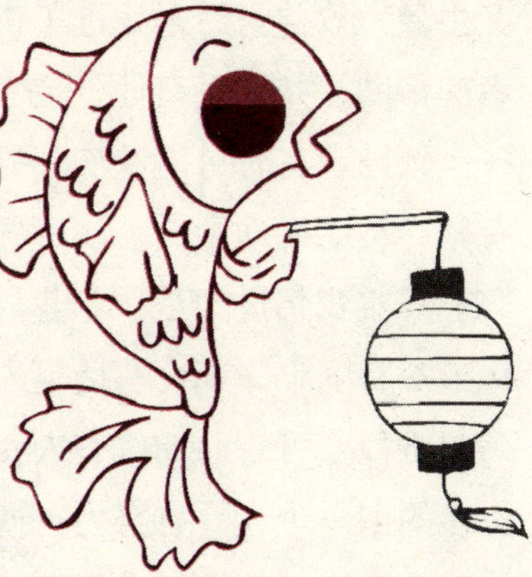

专业与业余的关系，成功与成才的关系，不论哪个环节都有困难，都有捷足先登的机会，如果有人帮助顺利得多，如果阻碍艰难程度可想而知。

有人说企业养老金向职称倾斜严重不公，可是我说这是最大的公平，谁认为不公平可以去竞争职称。有文化总比没有文化好得多，难道没有文化也要跟有文化的人相提并论吗？看看现阶段中国的年轻人，几乎人人有学历，接受过文化教育，为什么退休的人就不能接受文化教育呢？为什么他们不能获取职称带来的种种好处呢？有职称说明什么，说明中国进入人才阶段，不是过去时的拉关系走后门来定人生的时代了，也不是学好数理化不如有一个好爸爸的时代了，有学历与没学历就是不一样，也应当不一样。

对企业来说，有学历和没学历贡献不一样，也许学历对企业没用，但不能埋没人才。他们对企业没贡献，对国家有贡献，对社会有贡献，这就是社会应当尊敬他们的主要原因。即使在企业内没贡献，社会也要给予他们机会，让他们学有所得，当代社会不可能没有文化教育嘲笑有文化教育的人，也不可能让那些没有文化教育的人来嘲笑有文化教育的人。其实说白了，一个企业有人才与没有人才不一样，有人才的企业管理肯定要比没有人才的企业管理顺利，有人才的企业会给企业带来效益，那些帮助人才成功的领导者也是人才，这样的企业管理肯定有效益。想起以前我在企业时，我的领导给我机会参加文学笔会，当时文学对企业管理并没有什么样的明显效果，可是我参加笔会后回来对企业管理提出合理化建议，让企业产生最大效益。后来我进了机关，连续在一些机关工作，得到的都是领导者的帮助，如果没有他们的帮助我的成功之路可能就会事与愿违。当然，一个领导者有时可能决定一个人才是否成功，是否顺利实现自己的目标，有领导帮助成功则快，没领导帮助成功则慢，有时又是事与愿违。

其实我想说的是，专业与业余的关系，成功与成才的关系，不论哪个环节都有困难，都会有捷足先登的机会，如果有人帮助顺利得多，如果阻碍艰难程度可想而知。有人说评职称靠人际关系，这一点我不否认，然而更多的则是个人具有努力拼搏的精神，如果没有个人努力能有职称评定资格吗？靠钱靠嘴靠权力行吗？不要以为领导都喜欢钱财，也不要误以为干什么都要送礼，不送礼也是可以取得成功的，关键是看成功者如何努力了。

给退休者实施职称评定，这是新中国最有效果的举措，劳有所得比劳民伤财强多了。按职称评定，也是给未来的中国一个希望，让所有年轻人看到只有努力；只有奋发图强才能得到自己最需要的报酬。没有职称的人谁不让你努力争取，谁不让你拼搏，谁又不让你孜孜不倦达到目标呢？不要看职称评定眼红，要看自己努力够不够，如果想得就要努力付出。其实职称只是一种形式，有文化多赚钱有何不好吗？起码体现人才价值，体现国家尊敬人才，尊敬知识分子。中国有很多年没有重视知识分子了，尤其是以前，越重视知识分子越倒霉，造成年轻人也不学习，以为读书无用。眼下形势这样好，国家重视人才，为什么不肯为知识分子获取好处拍手称快？

在自己的地里收获

一个人在静坐的时候，总是想方设法干什么，可是干什么才能让自己得到财富呢？话要说温暖，骨头要硬气，人格不丢失，这是我的人生准则。

我说过，我是擅长隐藏自己的，甚至在公开场合我都没有话说。我这样做的目的就是两全其美，不得罪他人，也不得罪自己。如果有人问我为什么这样，我告诉他们就是在自己的田地里收获，不想与他人抢夺。因为人在聚集的时候，总是想方设法嘲笑他人，实际上就是为了表现自己，证明自己是有能力的人。可是当他们得不到利益时，他们才知道自己的表现只是一种可笑行为，于是有人在不知不觉中渐渐离开这种生活，渐渐开始隐藏自己了。有一段时间，我专心致志阅读一些征稿启事，因为阅读征稿启事能帮助我看清题材，迅速写出作品。其实现在的文坛变化快，比如类型文学就是其中之一，比较典型，适用类型就符合出版社的规范。一个作者适用出版社的规范就等于适用了社会变革，因为出版社的规范绝大多数都适用社会，适用读者，有这样的捷径为何不利用呢？作家是什么，作家的任务就是每天将自己的感受写出来，形成文字，形成文章，最后形成一部著作。不要以为作家是了不起的人，实际上作家只不过就是将自己的感受写出来，比其他人写出文字多一些，换言之，作家就是写字的。既然我是写字的，我就想方设法使自己不出名，隐藏自己的才华，让自己与普通百姓一样。因为普通，又擅长隐藏，写作多年没有人知道我写作的真实情况，更没有一个人了解我创作的所有细节，哪怕我写出多少作品也没人知道。

另一方面，文学是什么，不仅仅是想象，也是表达，更是发明。科研成果是发明的，文学也是发明的，也许有人并不认可，然而我认可。文学的天赋来源于父母，也来源于社会生活，更来源于对生命的感受。不是作家想写出什么，而是作家能创造什么样的文学，有才能的作家随时随地都有作品问世，他们的创作观与世界观共有，写出的作品充满社会责任感。然而想在自己的田地里收获，有时并不是一厢情愿，也有各式各样侵略者出现，如同当年日本侵略者侵略中国一样肆意而为，横行霸道。他们侵占你的领域不是收获，而是掠夺，一面说你的田地缺少修养，一面又嘲笑你的无能为力，对此不想愤愤的人也会愤愤。我的田地凭什么被你侵占，凭什么被你嘲笑着。我想提醒的是，人在世间最大的希望就是平等，还有尊严。如果你占有了他人的平等，破坏了他人的尊严，你这人不是敌人也是敌人。

一个人在静坐的时候，总是想应该干什么，可是干什么才能让自己得到财富呢？话要说温暖，骨头要硬气，人格不丢失，这是我的人生准则。然而说话时有人一针见血，有人几针也不见血，而我是属于后者。在文学这个问题上，我也有原则，写作有限，学习无限。当我心情不愉快时我写散文，当我心情愉快时我也写散文，散文就是抒发我心情的一种方式。有人说我写出的散文语言尖锐，可我觉得并不是这样，如果谁能让我的心灵安稳、自由，我也会写出充满愉快的文章，也会让人感受温暖。

其实在自己的田地里收获，就是避免那些矛盾和问题，只不过有人顺其自然，有人习惯顺手牵羊罢了。

怀念小竹车的岁月

可是我知道姥姥对小竹车的疼爱，小竹车里装着岁月，也装着幸福。可惜的是，因为占地方，小竹车被父亲拆毁，当柴火烧了。

夜里忽然惊醒，脑海里全是小竹车的影子，也许因为梦境，我想起了我与小竹车一起走过的岁月。

小竹车是我家的一辆交通工具，完全是由竹子制成的，里面有铺板，分上下两层，上面可以当饭桌，下面可以坐人。我与我弟弟小时候，都是在小竹车里长大的。当时姥姥推着我们走街市，逛公园，返回时里面装运着姥姥为家里购买的物品。小竹车里有我们的童年岁月，也有家里的幸福生活，曾几何时，每次我都坐在车里吃饭，没有小竹车我吃不下饭。

坐在小竹车里吃饭也是有危险的，周围总是被一群鸡包围着，有时我喂它们，有时它们对我的碗筷发动突然袭击，真是鸡犬不宁。有一次，隔壁邻居家的小黑公鸡在我吃饭时发动突然袭击，被我用铺板砸断了腿，扔在茄子地里。当邻居寻找小黑公鸡时，我故意不告诉他们它的去向，谁让它吃我的饭又对我发动突然袭击？幸而邻居找不到，只好算了，可是我心里对小黑公鸡仍是耿耿于怀。至今我也不认为我犯错误，谁让它吃我的饭，对我发动突然袭击，谁让它自己找死呢？

最早我是跟弟弟一起坐小竹车的，渐渐地，小竹车里装不下我和弟弟了，不论谁坐车里，都只能坐一个人，原来我们开始长大了，小竹车装不下我们每天都在成长的身体了。这时的小竹车是姥姥的专用设备，每天推着它上街买菜，买粮。不知哪一天，姥姥上街时需要带上我了，原来姥姥病了，推不动小竹车了，带上我的目的就是让我推小竹车。每次姥姥买好粮后都由我用小竹车将粮食推回，即使买菜也是由我用小竹车推回，小竹车成了我家第一辆交通工具，也是我家第一辆车。

姥姥的病情越来越严重，已经不能去街市了，小竹车用不着了，每天躲藏在角落，渐渐地我也长大了也坐不进小竹车里吃饭了。可是我发现姥姥对小竹车仍然情有独钟，有时靠在小竹车上思索，抚摸着。是思索岁月，还是抚摸岁月，我不得而知。可是我知道姥姥对小竹车的疼爱，小竹车里装着岁月，也装着幸福。可惜的是，因为占地方，小竹车被父亲拆毁，当柴禾烧了。现在回忆起来多可惜呀，如果放到现在说不定它就是文物，就是无价之宝。然而，虽然没有了小竹车，但有小竹车的岁月值得怀念。

>>>

当教师把每一个学生都理解为他是一个具有个人特点的、具有自己的志向、自己的智慧和性格结构的人的时候，这样的理解才能有助于教师去热爱儿童和尊重儿童。

—— 赞科夫

良心是一棵树

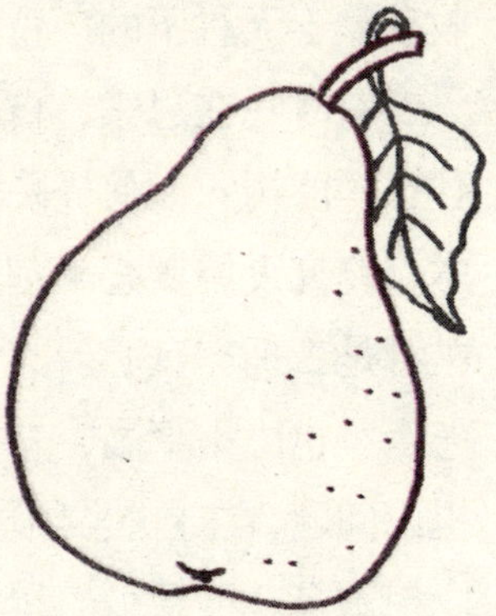

良心是一棵树，有风时它摇晃，没风时它不动，有时有风时它也不摇晃，这就是良心的铁面无私。我希望良心这棵树越长越大，越长越枝繁叶茂，让普天下人都有机会躲避风雨，让普天下人都懂得良心是什么。

良心是一棵树，这棵树可大可小，可高可低。可以是枝叶茂盛，也可以是瘦小枯干，还可以是枯木逢春。不论树什么样，它们都存在这个世界上。能够把良心说成是树的人是伟大的，而我就是伟大之一，毕竟我开始研究良心有很多年了，研究的结果也是完美的。人为什么要有良心？良心长在人的身体哪个部位？是脑子中吗？是心脏中吗？还是长在身体的任何部位？我不知道，然而我知道从医学角度它是长在人的心里的，从身体角度它是长在人的脑子中的，从运动角度它是长在各个部位。有人就有脑子，有脑子就有知觉，有知觉就有良心。在这个世界上没有没有良心的人，也没有没有良心的事，如果非要说良心在哪里谁也说不清楚。

良心是一棵树，它的理论基础来源于社会关系，也来源于社会公德，数不清的社会关系，数不清的社会公德，都有良心在其中。然而良心树是什么样，如何发现良心树，这是良心问题，又是一个神秘问题。在我看来，良心树与人世间有关系，与世界观有关系，也与社会有关系，更与人责任感有关系。良心是什么，树木又是什么，良心与树木是什么样关系，这些问题搞不清楚人生就会丢失很多东西，包括思想感情方面。人的经历很复杂，有时是暴风骤雨，有时是歇斯底里，有时又是风平浪静，有时又是风马牛不相及。然而就是在这样的春天里种下了良心，在秋天里得到了收获，春天种下的一粒种子，秋天收获的是一片森林。

有时我在思索，自己是不是一棵树呢？如果说我是一棵树，我是一棵什么样的树？如何成长才能拥有良心？可想归想，我的成长没有体现出树木，终究没用良心来创造自己，于是在我的生命中良心的位置并不重要，关键是否拥有良心。其实一棵树不论多么被人看不起，树木终究是树木，怎么小也比小草高，怎么长也比小草大，小草怎能与树木相提并论。有人提出问题，在自然界中是小草多还是树木多，回答是肯定的，当然是小草比树木多。可是少的树木为什么被人高看一眼，多的小草被人看不起呢？这里面有什么样秘密？很多时候我在思索这个问题，为什么总是多的一方受害受苦，少的一方享受呢？比如钱财，为什么总是少数人赚的钱多，绝大多数人是没钱的，难道绝大多数的人生下来就应当没钱吗？难道少数派生下来就应当有钱吗？如果世界上有摇钱树，谁不希望自己家里拥有一棵摇钱树，哪怕拥有一棵小小的摇钱树也是好的。可惜，没有，绝大多数都没有。

良心是摇钱树吗？我说是，有良心的人拥有摇钱树，因为他们的心里有责任感。他们知道如何对人，如何对国家，如何对待利益，如果他们知道自己如何，他们怎能不施展摇钱树呢？怎能不让自己尽可能富有呢？虽然他们做不到尽善尽美，但起码说明他们心甘情愿为他人做出牺牲，哪怕是流下微不足道的汗水也是有功之臣，这样的人怎能没有良心，又怎能不富裕呢？

良心是摇钱树的同时也证明良心是一棵树，它们的存在是合理的，几乎每一个人都有良心这棵树。当社会发生变化时，良心首当其冲跟随变化，是非曲直都有变化，这也是良心为什么率先变化的主要原因。有了良心这棵树，人们聚集时似乎减少很多麻烦，尤其是少了敌对关系，少了矛盾设置，也少了矛盾纠纷，当社会变革出其不意时，自然会有人站起来拥护。在良心这棵树下，聚集着社会责任，一些人努力了，一些人奋勇当先，他们在各自的岗位上刻舟求剑，寻找社会变革的捷径。可是他们得到的是什么，是收获吗？是成果吗？不是，他们得到的是辛苦，是付出，更多的则是汗水，还有不被理解的痛苦。难道他们不想好好生活，难道他们不想过好日子，难道他们心甘情愿这样付出吗？不是，重要的原因就是他们有良心，有责任感，他们像树一样为人挡着风雨。

良心是一棵树，有风时它摇晃，没风时它不动，有时有风时它也不摇晃，这就是良心的铁面无私。我希望良心这棵树越长越大，越长越枝繁叶茂，让普天下人都有机会躲避风雨，让普天下人都懂得良心是什么。

青年人对于社会的要求也高，失望也快，却很少注意到，一个成功的中年人或老年人的背后，往往有着许多辛酸血泪的故事。这尚不够，那份持续的认真与努力，也是一个成功者必然的付出。这以上说得又不完全，智慧才是一个人成功最大的条件之一，缺了它，什么也不成。

——三毛

多听良心的声音

良心有没有声音，这不是哲学问题。很多岁月我不愿意将自己的良心奉献出来，因为自己毕竟不是负责任的人，那些肯负责任的领导者他们应当讲良心，如果他们不肯讲良心这世界上所有人讲良心都没用。

很多人听了很多意见，可是他们并没有听良心的声音，他们也不可能听见良心的声音，因为他们心里可能还没有良心。对没有良心的人怎么办，只有劝告他们向善良发展，向善良进步，也许这样或多或少能改变他们的良心。我说的良心是有责任感的，没有责任感的人不论谁劝告也是无济于事，连责任感都没有的人怎能有良心呢？没有良心的人又怎能倾听良心的声音呢？

良心的声音来自哪里，为什么要听良心的声音，这些问题让人思索，也让人反复琢磨。什么是良心，良心就是人的善心良意，有的人有，有的人没有。良心这种东西看不见，摸不着，又时时都在，随时随地都有。来时如同长江滚动，去时如若空无，真的是来无影去无踪，神出鬼没的。人没有良心不行，良心多了也不行，没有良心的人缺少道德，良心多的人被欺负。俗话说，马善被人骑，人善被人欺，就是这个理。人在什么样情况下应当有良心，在什么样情况下不应当有良心，生活中不是什么样的人都有良心，有良心的人也不是在什么样情况下都有良心。对有些人来说良心就是一种责任，对有些人来说良心就是一种忏悔，对有些人来说良心就是一种发泄，他们有钱了有权了就想方设法弥补自己过去没能达到的良心缺欠。实际上这就是他们良心发现，尤其是对犯错误的人来说更是如此，往事让他们回顾起来历历在目，触目惊心，于是他们忏悔了，良心受到教育。这是好的一面，良心有时是被利用的工具，有人利用良心欺骗善良之人，掏出他们的钱财，骗出他们感情。

有人打着良心的旗帜骗人，在社会上招摇撞骗，这些人肯定缺少良心，可以说他们有良心，可是他们做事并没有良心，如果说他们没良心可是他们做事有时又有良心，到底有没有良心，不是说了就是有，也不是说了就没有，关键看他们做事的标准。现实社会，有良心的人没责任，没责任的人有良心，也不知是有责任感的人缺少良心，还是没责任感的人良心多，总而言之，良心这一词汇让我思索很多。有时我在想为什么我的良心没你的多，为什么你的责任感没我的多，这些乱七八糟的想法又是什么，怎么现在的人绝大多数是这样乱七八糟没有良心呢？其实不然，不是我在这里说绕口令，实在是个别人缺少良心的同时也缺少责任感。在有些人眼里良心就是一种得过且过，他们随时随地都会抛弃良心，甚至抛弃所谓的责任感，他们想干什么没人知道。社会公德需要良心，个人利益还需要良心，而良心就隐藏在个人心里。

良心有没有声音，这不是哲学问题。很多岁月我不愿意将自己的良心奉献出来，因为自己毕竟不是负责任的人，那些肯负责任的领导者他们应当讲良心，如果他们不肯讲良心这世界上所有人讲良心都没用。有权人讲良心可以让世界安宁很多，有钱人讲良心可以带来各式各样好处，只有那些穷人讲良心才会带来动荡不安，才会带来歇斯底里，因为他们的良心跟绝大多数的良心都有共鸣。现在返回来讲良心，谁还需要浪费时间讲良心，在搞活经济环境下还需要讲良心吗？讲良心还有用吗？你讲良心他们讲良心吗？这些乱七八糟问题得不到根本解决，谁又能肯定地说自己是最讲良心的人呢？在这里我想提醒的是，既然谁也不愿意讲良心，不妨多听一听良心的声音吧，也许良心的声音能唤醒你知道哪里做得好，哪里做得不好，或多或少这就是良心吧。

良心是一粒种子

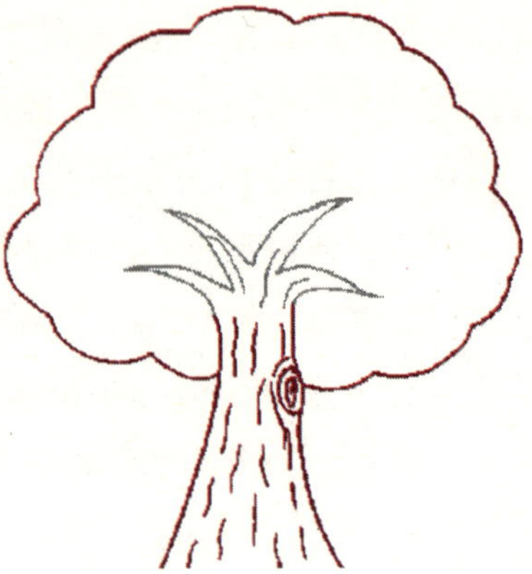

对有些人来说良心是一粒种子，对有些人来说良心就是一个负担，对绝大多数的人来说良心只是想想而已，至于良心有多少，效果如何，没有谁检验。哪个人会说你有多少良心，他有多少良心，谁能闲着没事找麻烦？

良心不是谁都有的，没有良心的人数不清，缺少良心的人遍地开花，可是几乎所有人都在振振有词讲自己最有良心。他们真有良心吗？未必，有没有良心只有在关键时刻才能知道，没有经过考验的人是看不出他们有没有良心的。其实良心只是一粒种子，当初在人的心里只是稍稍透露一丝萌芽，如何长大，如何成为良心树木，成长为一片茂盛的森林，的确还需要一段成长过程。

早晨跑步看见一个画家，是多年朋友了，他也谈起钱财，谈起对社会变革的认识。可是谈来谈去还是没有逃避钱财，没有逃避艺术，没有逃避人世间普遍存在的问题，这就是生活与艺术的关系，艺术家与生活的关系。不论谈什么都有共同认识，这就是艺术比钱财重要，良心比责任重要。

良心树的成长是需要一粒良心种子，没有良心种子良心树成长谈何容易，可是良心种子在哪里，人人都有良心吗？人有没有良心不是听他们如何说，而是看他们如何做，有良心的人不说也能看到他们的良心，没有良心的人说得再巧妙也是没良心。在这个世界上，我越来越发现没良心的人多了，有良心的人少了，也许这就是社会的悲哀。人人都讲钱财，都搞活经济，可是心灵里缺少责任感，缺少道德，良心自然缺少了，讲良心的人更是廖若晨星。

有时我在想，自己有良心吗？自己的言谈举止算不算有良心？曾几何时，我也是面对困难迎难而上，面对敌人也是冲锋陷阵，可是返回来仔细想来，在有些事上自己真的表现出没有良心。面对人世间奇形怪状的事，自己居然无动于衷，有时表现得极为冷淡，对同事对朋友们甚至对家人都漠不关心，这样的实际情况能说有良心吗？也许自己在心里安慰，所有人都不讲良心你讲良心干什么？良心值几个钱？面对轰轰烈烈的钱财，面对滚滚而去的赚钱意识，还需要良心干什么？实际上不仅仅是自己，其他人也是不讲良心的，他们随时随地都有赚钱想法，可是他们随时随地都有私心杂念。由此可见，良心算什么，在个别人眼里良心只是一种借口，有良心的人什么事也做不成，没良心的人要钱有钱要权有权还能呼风唤雨。

其实我在这里说良心，有人并不想讲良心，在他们眼里除了钱财外，几乎没有其他东西。如果有人能将良心的种子撒进他们心里，或多或少也是一种功德，可是在这些人的心田里能撒进多少良心的种子呢？即使撒进良心的种子又能结多少果子呢？难道他们真能讲良心？难道良心的种子在他们心田里真能长成一片树林？难道良心的种子轻而易举就能占领一切田地？

我怀疑，怀疑这个社会不是讲良心的地方，这个世界不是讲良心的世界，在人人讲钱财的世界里能有人讲良心吗？一个生命的诞生预示着人类的兴旺发达，一棵树木的成长说明自然资源的旺盛，一个良心的种子意味着什么，是否意味着遍地开花？其实越是有人不讲良心越要撒一些良心的种子，让良心的种子遍地开花、结果，如果连良心的种子都没有，如何看见良心的森林？我相信迟早有一天，良心的种子会在所有人心里开花结果，良心的森林迟早会茂盛成长。可是眼下时机尚未成熟，各式各样的困难不断，在这里还需要提醒的是，不要以为谁都有可能讲良心，有人讲良心是因为良心发现，有人不讲良心是因为他们根本没有良心，更不知道什么是良心。对有些人来说良心是一粒种子，对有些人来说良心就是一个负担，对绝大多数的人来说良心只是想想而已，至于良心有多少，效果如何，没有谁检验。哪个人会说你有多少良心，他有多少良心，谁能闲着没事找麻烦？

凡是教师缺乏爱的地方，无论品格还是智慧都不能充分地或自由地发展。

——卢梭

有钱时没良心

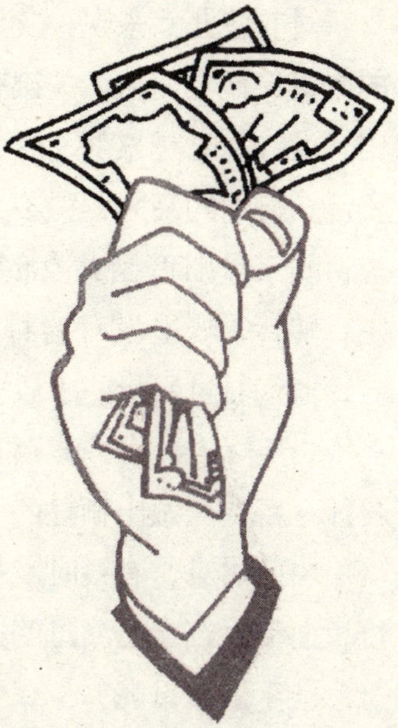

我认识一个人，每次见面都说钱，不是写作赚钱就是打工赚钱，钱在他嘴上。除了谈钱，他没有其他爱好，由此可见，钱财有时就是生命。其实天天谈钱就能赚到钱吗？

不要以为有钱时都有良心，越是有钱时越是没有良心，这不是我在此发牢骚，实际情况比这还严重。看看那些有钱人他们在干什么，哪个不是拿钱来装腔作势，拿钱来为自己镀金，真正让他们捐款比要他们命还困难。不要以为有钱财就是有良心，他们的钱财来自哪里，来自国家，来自个人，有时还是来路不正。我在这里提出这个问题并不是羡慕妒忌恨，而是忍无可忍，为什么有钱人拿钱时的心态是趾高气扬，为什么穷人见到有钱人时总是低三下四，难道他们生来就是被有钱人欺负的吗？其实不然。

有钱时没良心是说人的思想感情会变化得让人认不出来，他们再也不是过去的穷光蛋，再也不是靠关系行走的跑龙套的人了，在他们看来他们已经是人类社会的主宰了，已经没有人能管得了他们，因此他们可以随心所欲，胡作非为。在钱财的树下，他们的心里想的是赚更多的钱财，他们心里根本没想过如何帮助其他人，更没想过如何孝敬自己的父母。有钱的父母被人敬，没钱的父母被嘲笑，甚至还有人嘲笑他们是穷光蛋。父母真的是穷光蛋吗？我觉得未必，父母是世界上最大的富有者，起码他们拥有儿女。如果说良心是一棵树，父母就是最大的树，在父母这棵树下聚集着不仅是儿女，也是财富，更是世界的延续。

对有些儿女来说，父母是他们的靠山，对有些儿女来说父母就是他们的累赘，何去何从，关键就是父母拥有多少财富。父母有钱财时他们是靠山，没钱财时是累赘，时下的人是最容易患这种病。儿女从父母身上获取资产，得到的高兴，得不到的愤愤，甚至对父母采取各式各样措施，只要能得到父母财产当儿女的是不顾父母死活的。到医院里看看，听听，走走，转转，哪里没有这种凄凉的故事，哪个儿女不是嘴上讲孝行动不对号，他们对付父母的手段空前绝后，有时非常残酷而冷漠。从表面看儿女有钱，实际上儿女的钱财也是父母给予的，只不过当父母需要时儿女是不可能尽善尽美做出牺牲的。

由此可见，有钱时没良心不是说长道短，实在是个别儿女对父母的态度，而动手打自己父母的人更是让人嘲笑，他们这些人连一点人性都没有又怎能孝敬父母呢？

有钱时没良心从外表看似乎是说一些个别的儿女，实际上这是一种社会现象，为什么有了钱就会对父母不孝敬，为什么没钱时可以安然无事，有了钱财时就成为陌生路人？解答这类问题并不难，难的是如何解答，如何让人心悦诚服。数不清的人当他们成为穷光蛋时，他们并没有什么不孝之举，当他们有了钱财有了身份时，于是就有了不孝之举。都说良心是一棵树，可是在钱财面前良心有时也是无能为力，即使想尽孝也是力不从心，这样的现象是人之过还是社会的过错？曾经，我看到数不清的家庭和平共处，不论遇到什么样困难，哪怕艰难险阻他们也可以共同度过，可是当他们有了钱财时就有了矛盾，有了对立情绪，甚至彼此成为敌人。亲人成为敌人，只有在战争中才能有，可是在钱财面前也是络绎不绝。是人类社会倒退了吗？是社会变革把人的思想感情变化了吗？是现在已经不再需要人伦道德了吗？是，又不是，社会变革迫使数不清的人改变自己，同时也改变人的观念。可是不论观念如何改变人类社会还是滚滚向前的，难道因为钱财人类就变得不是人类了吗？难道因为钱财就不需要良心了吗？很多时候我一直在思索，有钱时会怎么样没钱时又是怎么样，可是不论怎么穷尽想象也不可能与人类的思想感情相提并论。

人世间有些事是可能用钱财来衡量的，有些事是用钱根本办不到的，如果谁以为钱财是万能的肯定是错误的。因此我提醒朋友们务必清楚钱财有限，人情无限，当我们吃苦受累时钱财只是一种标签，至于需要看各位怎么想的。我认识一个人，每次见面都说钱，不是写作赚钱就是打工赚钱，钱在他嘴上。除了谈钱，他没有其他爱好，由此可见，钱财有时就是生命。其实天天谈钱就能赚到钱吗？在这里我还需要提醒一下，有钱真的没良心吗？那些有钱的人又是如何孝敬父母呢？

智慧最后的结论是：生活也好，自由也好，都要天天去赢取，这才有资格去享有它。

——歌德

良心树栽在哪里

在社会变革下我有多少良心，还有多少思想感情。我不是好逸恶劳的人，我想方设法让自己生活好一点这没有错，可是为什么良心总是让我感到自己哪个地方对不起人呢？

如果说良心是一棵树，请问你的良心树栽在哪里？当良心不是一棵树时，良心在哪里？一个很有名气的作家对我说："中国人是最勤劳的人，可是为什么不富有？"他的话让我心惊，好久我心里都有一种愧疚，中国人的确是世界上最勤劳的，可是他们又是没钱财的，为什么钱财始终是少数派所有，绝大多数中国老百姓得不到。在我看来，中国老百姓是世界上最讲良心的人，所以他们并不富有，如果他们也不讲良心了他们也会与世界上其他国家的富有者一样，必将成为举世闻名的富有者。

也许有人会提出怀疑，你爱上良心这棵树了吗？你知道良心的树在哪里？如果说良心树在自己心里，人的一生能栽多少良心树呢？一棵树有大有小，一个人有高有矮，树木能生存，人也能生存，然而树与人的生存环境不一样。虽然树木也是需要阳光和水，人也是需要阳光和水，可是人还需要一个社会环境，还需要一个和平共处的环境，没有和平共处人肯定生存不下去。在这里我提出的良心树栽在哪里，就是说明人的生命与树的生命表面看是一样的，实际上是不一样的，树与人毕竟不同。人有思想感情，树木没有思想感情，人有创造性，树木没有创造性，人有思索，树木没有思索，人能改变自己命运，树木是改变不了自己命运的，这就是人与树木的不同。人在哪里都能改变，而树木在哪里就是在哪里，改变不了的，俗话说“人挪活，树挪死”，就是说的这种道理。

一棵树是没有良心的，一个人是有良心的，良心树栽在哪里，这是看一个人有多少责任感。不要以为人都有私心杂念，有也是正常的，没有才是不正常的。对一个正常的人来说，私心杂念就是一种心理需要，只不过是多与少的问题。

私心杂念多的人是不负责任的人，私心杂念少的人是肯负责任的人，他们的境地是高尚的，值得数不清的人学习。良心树栽在哪里，关键看这个人有多少私心杂念，有多少责任感。有的人从小就是善良的，有的人从小就是不善良的，然而善良的人可以变不善良，不善良的人可以变善良，这就是人的生存环境造成的。树的生存环境是为了生存更好，人的生存环境也是为了人生存更好，可是如何生存才能更好呢？

现在的世界什么样的树木都有，就是良心这类树少得可怜，如果说有，看不见，如果说没有，偶尔会涌现。因此有人提出质问，良心树你在哪里？其实良心树很多，只是没有人看得见，毕竟良心树是栽在心里的，栽在人的心灵深处。如果没有表达外人怎能看得见，又怎能看得清呢？有时我在思索，我有没有良心，我的良心树栽在哪里，我的良心跟其他人的良心是一样的吗？实际上每一个人的良心都是一样的，只不过没有人承认自己有多少良心，几乎所有人都说自己有良心，可是真正论起来良心在哪里又是说不清。由此可见，不是没良心，是良心差距大，不是不讲良心，是讲良心的人涉及自己利益，或多或少阻碍了良心。实践证明越是说自己有良心的人越是没良心，越是说自己没良心的人越是有良心，有没有良心不在他们嘴上关键在他们行动上。

夜静人稀的晚上，我静静思索，在社会变革下我有多少良心，还有多少思想感情。我不是好逸恶劳的人，我想方设法让自己生活好一点这没有错，可是为什么良心总是让我感到自己哪个地方对不起人呢？我哪里对不起人呢？论钱财我不富有，论才华我也是少得可怜，论资历我更是廖廖，论什么我也不可能与自己的责任感、良心相提并论，可是就是让我良心不安。生活了一把年纪，并没占他人一点利益，随时随地都被他人占有，甚至嘲笑，可是我为什么还是不安呢，为什么还需要良心这棵树呢？好长时间我都被这种情绪感染着，吃饭睡觉都在思索。我在想，良心是什么样，是树吗？良心这树栽在哪里最合适？后来我明白了良心这棵树栽在心里最合适，只要人人都有良心树，哪怕它们尚未长大，尚未成材，总有一天它们会长大。

智慧唯一的自由

——塞内加

爱上良心这棵树

当良心存在心里时，良心已经不是良心了，当良心丢失时良心已经丢失了，人与良心到底存在什么问题，就是一句话了。哪怕是一棵树，一片叶，一枝节，都有良心在起作用。我希望有人知道良心是什么，知道良心如何利用，哪怕只利用一次。

不知为什么，我忽然爱上了良心这棵树，我知道良心这棵树原本没什么，只是越来越多的人想方设法得到良心，于是这棵树越来越被人重视了。有时我在思索，为什么现在的人需要良心，他们以前没有良心吗？他们的良心在哪里？起初我不明白，以为人需要良心只不过是对自己的保护，可是那些用不着保护的人他们为什么也要有良心，难道他们的良心也是需要保护吗？渐渐地我明白了，良心对有些人有用，对有些人没用。什么样的人拥有良心，什么样的人用不着良心，这是一个是非曲直问题。由此可见，不是世界上所有人都有良心，有没有良心不在他们说得如何，关键是他们干了什么，是不是真正爱上了良心这棵树。

良心这棵树有多少，在哪个地区栽种，可能有人知道有人不知道，知道的是谁，不知道的又是谁？良心这棵树越多越好吗？如果没有怎么样，还需要良心吗？我想说的就是这样一种事实，很多人并不知道良心是什么，他们只是讲良心，或者说他们只是嘴上说良心，实际上良心是什么他们的确不知道。现在返回来看良心，谁能看得清良心是什么样，谁能说清良心有哪些。

在这个世界上良心只是一种说法，在每一个人心中良心才是真正的表达式，可惜的是并不是所有人都有表达，良心毕竟是一棵树。在有些人眼里良心只是表达，在有些人眼里良心并不算什么，只有在个别人心里才能感受到良心是什么。当有人想方设法杀人时，良心就是闪电，就是谴责，就是一种负数，只有良心成为所有人心里的正数时，良心才能成为拍手称快的树木。可惜我认识得太晚了。

曾经，我问自己，当正义爱上良心这棵树时是什么样，也是一种嘴上表达吗？其实良心并不重要，关键是正义在谁的手里？如果在不讲良心人手里正义有可能成为一种摆设，数不清的人将被冤枉，这时的良心能管用吗？如果人有良心是说他们爱上良心这棵树，那么正义能爱上良心吗？能爱上良心的又是什么样？我实在难以回答这样的问题，良心本身就是复杂的，谁知谁有良心，谁知谁没良心，良心在人心里值多少钱？这些看似没关系的条件，其实就是一种必然，良心这棵树并不值钱，关键是看谁来使用。

当我认为良心在世界上并不算什么时，有人已经名列前茅了，他们每天都有良心，随时随地都讲良心，可是真正施行时良心却不见了。良心到哪里去了，为什么忽然丢失，这时我的心也在寻找，希望良心能够及时出现，可是能准确出现吗？良心在哪里并不重要，要看良心能否发挥作用，有良心的人拥有责任，没良心的人拥有什么呢？这个世界有时就是不公平，良心只能是希望，我经常劝告自己多讲良心，可是当我讲良心时有人并不讲良心，他们做事如同敌人一样让人受苦，吃亏的总是讲良心的人。为此我想这个世界还需要良心吗？良心还有作用吗？在人人讲钱的年代良心还有人讲吗？当良心没人讲时，我只好将自己关在家里与世无争，实际上争也争不来。讲良心的一无所有，不讲良心的人要什么有什么，也许这就是现阶段的社会特殊性。

当我真心爱上良心这棵树时，我忽然醒悟良心还是需要的，尤其是在搞活经济的岁月。没有良心什么好事也办不成，用百姓的话说没有良心的人是不得好死的，这是百姓的心声。然而良心到底是什么，没人说得清，只好自己研究自己。当良心存在心里时，良心已经不是良心了，当良心丢失时良心已经丢失了，人与良心到底存在什么问题，就是一句话了。哪怕是一棵树，一片叶，一枝节，都有良心在起作用。我希望有人知道良心是什么，知道良心如何利用，哪怕只利用一次。

青年是学习智慧的时期，中年是付诸实践的时期。

—— 卢梭

越成功越失败的树

其实成功与失败与良心是有联系的，良心越多成功的机会越小，良心越少成功的机会越大，这就是现实中的人。在社会实践中，谁也不可能没良心，可是面对成功或失败时人的良心就显而易见，或多或少足够证明我的观点。

人生就是一棵树，不论茂盛到什么时节，最后仍要叶落归根。树木也没有长生不死的，胡杨站着三百年，倒下还有三百年，据说能在世上存在一千年，最后还是烟消云散。有的树比人的生命长久，有的树没有人的生命长久，关键看生存环境。有人说人的一生就是一个努力过程，越成功越失败，这话初听还有道理，可是仔细琢磨觉得没道理。不客气地说，现在的人很不谦虚，不论是他们还是她们都有自负的现象。在这一点上，我一直相信哲学家的话，他们往往相信“越成功越失败”这句话。

人在什么样的情况下容易成功，在什么样的情况下容易失败，这是一个严峻问题。可是有多少人相信这是严峻问题，又有多少人认可这个问题，我不知道，我只知道人世间有时就是缺少一些理解，缺少一些支持。在一些场合，似乎只有互相请吃才算成功，有人捧有人吹，还有人送钱财，可真正的成功又是怎样的。在这些人中，能说他们是成功吗？能说他们是失败的吗？其实成功不能说，失败也不能说，真正的成功与失败都在这复杂的人际关系中。我不敢说自己是成功的，多少年来我努力写作，至今我不敢保证自己是成功的，哪怕我出版很多书，哪怕我写出很多作品，可是我就是不敢说自己成功。不要以为人都有善良，也不要以为人都有良心，善良与良心有时并不在人的心里，在哪里谁也说不清。书到用时方恨少，良心也是如此。

在我看来，真正的成功是想做的事一定做到，想说的话一定说出来，或者说他人做不成的事自己能做成，他人做到的事自己也能做成，如果说成功，这就是。然而在这样成功下似乎还需要提醒的是，成功并不是一件事，有时成功是一辈子的事。实际上人在一定时期是做不了什么大事的，有些事只能一件一件做，着急不行急风暴雨般也不行。做事还需要稳如泰山，才能稳操胜券，才能避免越成功越失败的教训。其实人世间有些事比我写得清楚，我只是面对现实写出感叹，真正有意义的还是事实。越成功越失败是说那些已经成功的事仍旧在做，为什么有人一辈子只做一件事，而且这一件事也没做好，没做好不是失败又是什么。人是希望自己干什么都能成功，可是人有时就是干什么都不可能成功，而且干什么都有变坏的可能性。

大事做不来，小事又不做，可能说的就是这样一批人。另一方面，又是提醒人做事要有计划，不能眉毛胡子一把抓，路要一步一步走，饭要一口一口吃。

我也希望自己成功，当希望一次次被磨灭的时候，当胜利的消息一次次被击败的时候，当所有人认为生命已剩不多的时候，当困难重重的时候，成功还有意义吗？当人的进取心被嘲笑袭击时，谁还需要这些乱七八糟的支持，谁还希望减少自己的痛苦呢？除了失败的痛苦外，还有什么比被冷嘲热讽更痛苦的事吗？如果说人的自尊心会让人痛心疾首，失败又算什么呢？在这里我想提醒的是，越成功越失败，越不想失败越失败，这是我人生的经验。其实我说的失败就是人生的希望，只有在失败中站起来，在失败中总结经验才能在下一次失败中寻找原因，有利人生的成长，或多或少这就是良心在起作用。

其实成功与失败与良心是有联系的，良心越多成功的机会越小，良心越少成功的机会越大，这就是现实中的人。在社会实践中，谁也不可能没良心，可是面对成功或失败时人的良心就显而易见，或多或少足够证明我的观点。

谚语可以体现一个民族的创造力，智慧和精神

——培根

树是没心的，良心算心吗

树是没良心的，更没有心，人是有心的，更有良心，这是树与人的显著区别。可是我仍旧提出怀疑，树木没心我相信，人有良心不假，可是良心算心吗？如果说良心算心为什么有的人不讲良心？在个别人心里良心算什么？还需要位置吗？

树木是越活越空洞，越活越空心，不论树木存在多少年，最终它必须是空心的。然而我想说的是，树是没心的，良心算心吗？很多人并不知道我想说什么，个别人可能还会提出怀疑，你在说什么？具有聪明才智的人一听就明白了，只有傻瓜还不明白。其实人生与树没什么两样，树有生命，人也有生命，人与树的区别是，树是没心的，人是有心的，人比树多了良心。

树是没良心的，更没有心，人是有心的，更有良心，这是树与人的显著区别。可是我仍旧提出怀疑，树木没心我相信，人有良心不假，可是良心算心吗？如果说良心算心为什么有的人不讲良心？在个别人心里良心算什么？还需要位置吗？不要以为我在这里是乱写，更不要以为所有人都认可我的文章，良心算什么，树木算什么，人又算什么，这些并不算什么。真正算什么的是人为什么不尊敬人，为什么互相之间总是扯皮，为什么老百姓办事如此曲折，为什么个别人总是趾高气扬又胡作非为？其实不是我想说长道短，实在是个别人做的事让人望而却步，人的生命有时不如树木，良心更不值钱，这样的结果谁能满意呢？

一个人有钱没钱不是听他如何说，一棵树有心没心不是看外表，树木可能是枝叶茂盛，也可能是枯木逢春，可是树的心并不在枝叶上，在树干里。为什么有的树是空心的，有的树尚未空心就已经死亡，这里面也有秘密。树是没心的，可是人的良心在哪里，这又是一个敏感话题。为什么有的树空心，有的树没心，它们之间有什么不同吗？没心的树与空心的树有显著区别，它们生存环境不同，有的见不到阳光，得不到雨露，而且生存的环境被污染，在这样的状态下生存怎能兴旺发达呢？人也是如此，环境污染能成长吗？一个年轻人每天跟随一群赌博的人在一起，不求上进，不思进取，这类年轻人，天长日久他能有发展吗？由此可见，树木的没心是环境污染造成的，也是生存状态决定的，而人的成长与环境污染也有关系，只不过更多的主动权在自己。俗话说，近朱者赤，近墨者黑，一个年轻人跟随什么样的人决定于他的世界观。在之前，我接触到数不清的人，可是我没有跟随他们，我就是我，他们就是他们，这些人的好坏与我没关系，我的好坏与他们也没关系，我绝对不会跟随他们，这就是我的品质和性格。

其实树木有心没心并不重要，人有心没心却是十分重要，树木没心毕竟是植物，人有心没心是生命的体现。没心的树木可以生存，没心的人能生存吗？有人夸夸其谈说自己有良心，可是在众目睽睽下人有良心又有何用，有人说：现在是赚钱年月良心值多少钱啊？他们说得很对，可是在我的眼里良心仍旧在起作用，没有良心人的生存就会失去意义，有良心人的生命才能有意义。不要把钱看得比命还重要，有钱的人没几个命长的，他们不是有病就是身体素质差，至于那些穷苦百姓他们才是长寿的。返回到树木是没心的，良心算心吗？其实良心也算心，只不过看在谁的心里，有人有心跟无心差不多，因为他们的心已经死了，有人死了可是他们的心还活着，他们死后仍旧还有良心。生命是短暂的，良心是永久的，为此我经常问自己，树没心，人有心吗？

善良也是一棵树

人的世界观出了问题，还需要善良吗？还需要良心吗？由此可见，良心与世界观相辅相成，责任与良心也不可分开。在这样的树下，有什么样的责任，有什么样的良心不是一目了然吗？希望人人都有善良，人人都有良心，人人都有好日子过。

良心是一棵树没人怀疑，善良是一棵树吗？善良与良心是不是一回事，二者合成一棵树又是什么树？走在路上看见数不清的人，是否有看见树木的感觉，人与人之间发生冷漠是社会的悲哀，也是人类的悲哀，良心与善良毕竟是一种类型。走在路上，不知为什么总有一群狗在叫，现在的人饱食终日每天养一些小狗和自己度过寂寞的时光，还有人上街叫喊保护动物。可是他们的嘴里经常吃着狗肉，吃着各式各样的动物的肉，还喝着酒。我想不明白他们是保护动物还是吃掉动物，这样的人有何脸面谈保护动物，当然在此我说的不是保护动物，我说的是狗的泛滥成灾害。别看狗很普通，它们的存在已经给世界增添了麻烦，病菌由此侵入人的肌体，害得数不清的人都有病菌。可是没有人提出打狗，相反都在旁若无人地为自己的小狗叫喊，俨然是世界上最疼爱小狗的人了。

我知道喜欢饲养宠物是人的本性，可是也不能为了饲养宠物而丧失人性，动物毕竟是动物，与人是不同的，为什么要重视动物而忽视人的存在呢？参加一些聚会，人与人之间交谈时都有一种同情心，可是他们或她们的关系经常是摩拳擦掌互不服气。这样的人有什么优越的关系呢？他们或她们聚集在一起又是为什么？难道因为善良吗？我看未必，善良对他只是想象，没有谁拿来具体措施资助善良。有的人看外表很善良，可是他们一肚子坏水，口蜜腹剑，飞扬跋扈，这类人能有好结果吗？还有的人如狗一样表面温存，可是叫喊起来比狗都有一套，悄悄在后下手，恨不得马上吃了人家，对这类人能有好的印象吗？由此及彼，接触人如同接触狗，有的连狗都不如，这样的人还需要跟他们交际吗？他们只知道咬别人，不知道自己已经是一只狗了。

善良与良心是联系在一起的，良心与责任感也是联系在一起的，有善良才能有良心，有责任感才能有善良，没有善良良心也是不存在的。如果说人生是一条路，善良就是路途上的一棵树，有多少善良就有多少棵树木，有多少树木就有多少良心，是不是这个理呢？每年的春季都有数不清的火灾，每次火灾都有损失，一种是国家利益的损失，一种是个人利益的损失，这些利益的损失构成巨大损失。写这篇文章时，恰巧南方有一个纸厂着火，烧了三天三夜，损失一个亿。如果早些防火，如果没有火灾，这个厂极有可能是同行业中经济效益最好的厂，可是因为有了火灾损失大，这个厂有可能从此振作不起来了。我提出安全问题，实际上就是讲良心与责任，不是所有人都有责任感，也不是所有人都有良心，只能警惕而已。

从宠物到安全，从安全到宠爱，都有良心在起作用，都有责任感在发生作用，可是结果却不如人意。善良与良心都无关紧要，个人利益才是最重要的，这是现代人的思想感情。人的世界观出了问题，还需要善良吗？还需要良心吗？由此可见，良心与世界观相辅相成，责任与良心也不可分开。在这样的树下，有什么样的责任，有什么样的良心不是一目了然吗？希望人人都有善良，人人都有良心，人人都有好日子过。

第五辑

感情也是一棵树

人的感情与树木的感情存在哪里，有什么样共同之处，其实都有对环境的挑选，对阳光的喜欢，对氧气的需要，没有这些都不可能存在。人是需要氧气阳光的，树木也是需要氧气阳光的，如果环境污染树木活不成，人也活不成，感情更活不成了。

感情也是一棵树

人世间不能强制他人有感情，也不能阻碍他人的感情，在感情这个世界人还是最有条件谈情说爱的。人世间的感情有时也是有范围的，当我知道人世间与树木存在感情时，我恍然大悟自然界与人类社会原来是一个模式，有则存在，无则不存在。

感情是不是一棵树呢？什么样的人有感情，什么样的人没感情，在人类的土地上有多少人有感情，又有多少人没感情，他们的感情是一棵树吗？这棵树有多高大，有多枝繁叶茂，有多绿色如荫？我不知道，也猜测不出，可是我知道人是有感情的，这是不容怀疑的，感情是什么？心与心的交往是良心的表现，心与心的交往又是一种负担，这负担就是感情。人是世界上最有感情的动物，可是如果处理不好，人又是最无情的，别看有人有钱，可是他们并没有真正帮助穷人，别看有人说学雷锋实际上他们并没真正做什么。他们是说一套做一套，根本不是诚心诚意，所以当他们面对各式各样困难时有时也是撒谎，与现实背道而驰。

曾经，我问自己，感情是一棵树，良心是树吗？爱情是树吗？责任是树吗？当所有问题都有回答时，我才知道感情与树是不同的，人有感情，树是没感情的。当然，人与树也有相同的地方，比如人有生命，树木也是有生命的，人有血液，树木也是有血液的，人有手脚，树木也是有枝叶的。而且生存环境也相同，平时生活需要阳光雨露，需要氧气，需要沉静。人与树是可以和平共处的，可是近几年或几十年人类对树木并不重视，有的人肆意胡为随时随地都砍树，人与树的存在有了危机。人毁灭树木，同时也是在毁灭人类自己，可是没有多少人这样认为。他们以为树算什么，用它干什么都可以，毁坏也是理所当然。树木被人毁灭，人也毁灭了自己的生存环境，树木不存在了环境受到污染，人的生存环境被污染还能持久吗？幸运的是人世间还是有人明白树木存在的道理，他们随时随地都在栽树，弥补了个别造成环境污染的不足，同时也给人类提供一个生存空间。

其实我是想说人与树的感情，不要以为人对树木没感情，阳光下走累了时站在树下避免阳光曝晒也是一种感情方式。只不过现阶段的人对钱财感兴趣，对树木并不感兴趣，可是有时人对树木也是感兴趣的，比如每年春季植树就是一个例子。当人认识到树木对人的作用时，说明人类也对树木有感情的，每年都有人搞植树造林，为的就是减小树木缺少造成的灾害。如果说人是一棵树，感情也是一棵树，人在什么时候有感情，树在什么时节有感情，似乎没有人知道，可是有人偏偏就是知道，而且是了如指掌。人的感情与树木的感情存在哪里，有什么样共同之处，其实都有对环境的挑选，对阳光的喜欢，对氧气的需要，没有这些都不可能存在。人是需要氧气阳光的，树木也是需要氧气阳光的，如果环境污染树木活不成，人也活不成，感情更活不成了。人如树，感情如树，心也如树，责任感如树，良心如树，思想是不是树呢？艺术是不是树呢？我对此尚未深入研究，等到研究明白后可能人也不存在了，然而有一点是存在的，这就是人的感情与树木的感情是一样的，只不过面对自己生存条件有所区别罢了。

人世间不能强制他人有感情，也不能阻碍他人的感情，在感情这个世界人还是最有条件谈情说爱的。人世间的感情有时也是有范围的，当我知道人世间与树木存在感情时，我恍然大悟自然界与人类社会原来是一个模式，有则存在，无则不存在。

有爱的夜晚没树

其实有爱的夜晚没有树，有树的时候没有良心，这是谁都有过的事。人世间有些事可以明说，有些事不可以明说，甚至连说明都不可能。在这里我提醒的是，爱情是爱情，树木是树木，爱情与树木可以混淆，生命与良心不可以混淆。

今天晚上没有人来，更没有人打搅，所有感情都已经消失。今天晚上是我的生日，有爱的夜晚没有树，然而人的一生能度过多少生日，有的人知道，有的人并不知道，知道的是自己，不知道的是他人。而生日人人在世间都有，今年过了明年再过，明年过了后年再来，只要活着就有生日。我说的是过生日时的感受，有爱情的生日是美丽的，没爱情的生日是忧郁的。天色越来越暗了，从黄昏到傍晚，再到夜里，我一直是唱着歌等待。我不知道爱情什么时候来，花朵什么时节凋谢，可是今晚的树木与众不同。

爱情是一棵树吗？如果爱情是一棵树，有爱的夜晚是没有树的，有树也是缺少良心，对这样的夜晚我还是持保留态度。说实话我最不爱写的就是爱情，最不爱谈论的也是爱情，对有人来说爱情可能是永远的话题，对我来说爱情就是坟墓。不是因为我缺少爱情，而是因为爱情对我来说太多了，多到数不清了，于是我对爱情讨厌了，对爱情烦躁了，回过头来说爱情，我能吗？比如今晚有人约我，约我的人不是一个而是几个，谁能经历几个人同时约会，我想除了我以外任何人都不可能。我经常在一棵树下走，一边走一边思索。有人说爱情处理好了是高尚的，处理不好是低劣的，或者说是一种动物的本能。为什么有的人一天到晚只想方设法找异性，不是他们在追求爱情，而是他们已经成为一种动物，动物的本能就是寻找异性。由此可见，有爱的人动物本能强。

很多年前我对爱情有独特想法，那时以为世界上所有爱情都有一个共同点，就是誓死如归。可是至今我也没看见有一个人为爱情贡献自己，除了小说电影电视剧外，再也看不见有关爱情的忠诚，换言之，没有一个人对爱情忠心耿耿。一个人不论是谁，在钱财面前都可能暴露无遗，即使平时说得滚瓜烂熟的誓词在钱财面前也是现了原形，他们没一个人肯为爱情献身。

其实我在这里谈爱情，实际上就是良心的发现，毕竟我写出几个标题来讨论爱情，讨论良心，可是良心有多少价值，谁的良心多。如同今夜一样，我站在地里数星星，看见每一颗星星都有闪光，可是哪一颗属于自己呢？即使站在山地上，也看不清有多少星星，哪颗星属于我。其实以前我读过一篇散文《人生花季》，说的是一个人数星星的故事，可是人生如梦，转眼就是瞬息万变。别说爱情，就是良心也是廖若晨星，没有谁说自己看得清，没有谁说自己能在社会变革下纯正洁白，我想这就是今夜为什么有爱情。

可是有爱情的夜晚没有树木，这又是一种存在方式，我不知道我应当如何表达，如果非让我表达只好写出这篇文章算是我对爱情的了解，算是我对树木的忠诚，也算是我对良心的知遇，毕竟良心与爱情不是一回事，今天的夜晚与昨天的夜晚也不是一回事，可是我相信在这样的夜晚我会有所收获，就像春天种下去，秋天收获一样，种下爱情树，也收获良心树。其实能种下什么树种我不想问，我只想知道树是什么样的，成长后有没有机会迅速变化，能否与人类相处，这是人与树的区别。我知道在时间的把握上我是不如任何人，可是我更知道在时间的利用上我是出类拔萃的，任何人也没有我会利用时间，或多或少这就是爱情观。

其实有爱的夜晚没有树，有树的时候没有良心，这是谁都有过的事。人世间有些事可以明说，有些事不可以明说，甚至连说明都不可能。在这里我提醒的是，爱情是爱情，树木是树木，爱情与树木可以混淆，生命与良心不可以混淆。

青春是有限的，智慧是无穷的，趁短的青春，去学习无穷的智慧。

——高尔基

你的良心有多少

不要说自己没责任，没责任就是没良心，你愿意做一个没良心的人吗？用不着解释你肯定不愿意做没良心的人，可是现在有些人就是没良心，不愿意做也做了，不想做也做了，良心与责任相提并论，或多或少这就是我写出这棵良心树的真正目的。

这是最后的问题，写出十几棵树，哪一棵是人最需要的，哪一棵能让人感受深刻。是怀念这些树，还是讨厌这些树，这些树能给人带来什么样效果？每当人与人争执时都有这样的斥责：你有良心吗？有多少良心？当所有人都在讲良心时你讲不讲良心，既然讲良心你的良心有多少？没想到有关良心的问题被我写出十几篇文章，是责任感吗？还是良心？是解剖自己，还是解剖社会？我一时还不明确，然而良心是明确的，责任是明确的，不论良心有多重，有多少，我对良心还是尊敬的。我经常在想作家是不是就是医生使用的手术刀，每天拿着刀子给病人做手术，写出的文章是否也是手术刀呢？当一个病人面对病痛时是无奈的，他求助医生，当医生帮助他处理了病痛后他又可以积极健康地生活，这样的人他对医生应当说是尊敬的，作家是否就是这样的人呢？

其实人最脆弱的是情感，每一个人都如此，别看他们如何强大，最后也会在情感面前表现脆弱一面。年龄越大的人情感越脆弱，别看他们说自己如何意志坚强，到了最后也冲不破情感的底线。不是我在这里说长道短，是我研究多年人与自然的关系得出的结论，生命是一棵树，树木也是有生命的，责任感是人的一种本性，良心是人的本能，可是良心有多少这不是本能。对社会来说责任感很重要，对个人来说良心很重要，而良心不是对自己的，良心是对他人的，良心越多的人帮助他人越多，这就是人的本性。

有一次我做了一个梦，是以前的同事打架，有心劝告却不被理睬，心里很不舒服，于是梦醒。心里不舒服只好起床打字，可是心里总是有些难受，最后不得不放下写作。我想说的是，人有时是被情绪笼罩着，有什么样情绪就有什么样写作环境，这环境是外部的，也是内部的，更多的则是心里的。

在我们的周围，经常聚集一些所谓的朋友，实际上他们并不是真正的朋友，他们只不过是看你有钱财有权势与你联系，一旦你丢失这些他们便会与你分道扬镳，数不清的人就是这样的类型。由此可见，责任与良心并不是重要的，只要对他们有利可图他们就会变本加厉对付朋友们，这就是人的本性，贪婪而残忍，又是羡慕妒忌恨的典型。

生命和生活不是一回事，生命谁都有，生活未必谁都有。有人活着只有生命，有人活着不仅有生命，还有生活，丰衣足食与眉飞色舞是不一样的。活着是为了生活更好，树木也活着，它也有自己的存在法则，难道人还不如树吗？人在什么样情况下能生存，树木在什么样情况下能生存，这些看似无关紧要的生存问题，实际上代表着一种观念，人有观念，树木有吗？人与树是一回事吗？一个人的良心有多少，不是看他说什么，而是看他干什么。

说是一回事，做又是一回事，说与做结合在一起才是一回事。责任感与良心是否达成目标，人的自尊心是否代表人的品质，这不是一篇文章能表达的，更不是哪个人说长道短就可以解决的。我花费这些时间写出这篇文章，目的就是想让读者知道责任是什么，良心是什么，如果有时间，好好计算一下你有多少良心。

不要说自己没责任，没责任就是没良心，你愿意做一个没良心的人吗？用不着解释，你肯定不愿意做没良心的人，可是现在有些人就是没良心，不愿意做也做了，不想做也做了，良心与责任相提并论，或多或少这就是我写出这棵良心树的真正目的。

青年是学习智慧的时期，中年是付诸实践的时期。

——卢梭

你为什么不读书

可能有的读者就知道立法读书的重要性在哪里了，立法读书是好事，它能让人在一定时间内了解自己缺少什么，能够在读书中取长补短，或多或少这就是我对立法读书的认识。

其实这个标题应当是你读了多少书，或读书的好处，可是我偏偏选择了这个标题。我选择这个标题的原因就是有人提出为全民阅读要立法，有人提出是小题大做，于是引起我的思索。我想问你为什么不读书，为什么偏偏让法来约束。为了阅读立法不是国家的错，是你个人的错，你不读书还需要国家立法，这本身说明你没修养。法越多越说明社会公德下降，如果人人都有社会公德还需要各式各样法规来约束吗？一个小小的阅读都有法规，说明人的思想感情已经到了崩溃的边缘，而人一旦到了崩溃的边缘说明人类社会缺少希望，迫不及待需要立法阅读来治理整顿。因此我写出这篇文章算是一种探索，希望引导人走向彼岸。

其实你读不读书与他人没关系，你好你坏与读书也没关系，在这个世界上，不是读书多世界就会变好。问题是读书会让你的周围产生好的环境，如果你不读书每天遇到数不清的事，或者说遇事时你不会处理，看人家有钱财你羡慕妒忌恨，看人家有权你恨不得吃了人家，这样的心态如何能健康。不读书有很多坏处，读书能让人愉快，也让人忧郁，好人读书变得更好，坏人读书变得更坏，有时也会出现其他情况，好人读书变坏，坏人读书变好，无限循环，这就是读书带来的各式各样效果。就我本人来说，读书的人越多越好，读书多对国家有好处，对民族也有好处，读书多起码知道历史有什么，知道自己是哪个祖宗，如果不读书你知道祖宗是谁吗？中国自古以来是有文化教育传统的，可是传统从哪里来继承，绝大多数是从读书来继承，为什么有人对古代故事感兴趣，重要的就是他们对古代的人有所了解，对古代的事有所了解，这了解过程就是读书过程，而读书过程就是借鉴过程，就是一种进步。

生活是什么样，社会是什么样，不是凭空想象，而是通过读书才能认清。对个人来说，书里有黄金，书里有颜如玉，可是对国家对民族来说，书里不只是有黄金，也有民族大义，有民族气概。我们知道李白杜甫白居易，是因为读过他们的诗歌，我们知道岳飞曹操关云长也是因为读过小说，我们知道很多历史故事，是因为读书才能了解情况。读书是一个简单的事，只要用眼睛看就可以了，如果能够思索更上一层楼，由此可见，读书不是简单的事。读书很重要，否则也不能立法了，读书是一个再教育过程，对个人，对国家都重要。

然而读书是需要方式方法的，有些人会读书，有些人不会读书，有些人读书掌握全面，有些人读者来信只是一知半解。对这类人只有教育他们如何读书，如何读好书，这就是立法，而立法的背后是读更多好书。现阶段钱财多了，有人富有了，可是越是富有的人越是没时间读书了，国家立法就是让他们有时间读书，有时间多读书也是多贡献。写到这里时，可能有的读者就知道立法读书的重要性在哪里了，立法读书是好事，它能让人在一定时间内了解自己缺少什么，能够在读书中取长补短，或多或少这就是我对立法读书的认识。

让作家最愧疚的是读者

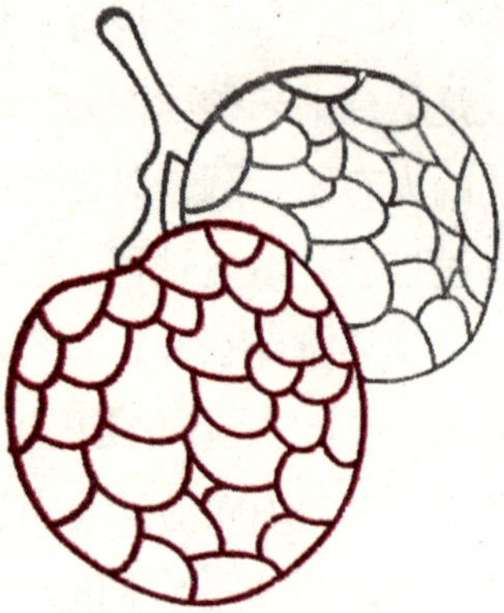

由此可见，有钱也没用，在公正面前，在法律面前，在人民面前，在国家面前，钱财只是一种经济基础，真正让人受教育的还是文学作品，还是作家的良心。

很多作家都把自己看得至高无上，实际上他们无非是一些平民百姓，无非是一些会写文章的知识分子。为什么有人写出一篇文章高高在上，有人发表一篇作品沾沾自喜，重要的原因就是他们心里没有读者，只有他们自己。其实作家最愧疚的是读者，如果他们写出的是小说，读者可能因为读小说而受骗，如果写出的是散文，读者可能因为读散文而忧郁，这样的结果能不愧疚吗?

现在的作家可能没有愧疚，他们连自己在写什么在干什么都不知道，怎能有愧疚?曾几何时，我多次提出作家要有境界，可是现在的人开口钱闭口钱仿佛他们就是为钱而来的，可是他们至今也没赚到钱，相反倒是那些没有文学细胞的人赚了钱。其实作家不要总谈钱，既然想谈钱就去经营商业，那里有赚钱的渠道。当老板能赚钱还能被人羡慕，何必在文学这棵树上吊死呢?当然我不反对赚钱，能赚到钱也不是坏事，关键是如何赚钱，如何能赚到钱。如果赚不到钱还在此谈钱实在是没意义，也没必要。

都说在商言商，现在我们谈的就是文学，如果拿钱与文学相提并论我看还是不谈为好，文学本身是不沾钱的，沾了钱就不是文学了。

最近我想写一篇文章，主题就是别把钱财当感恩，意思很明确，里面的话跟我现在的想法如出一辙。现在很多人手里都有了钱财，因此他们随意从指缝中流出几个钱就可以帮助贫困的人，他们以为用钱财帮助了人，于是就有了感恩之心，实际上并非如此，没必要感恩，有钱是他们应当帮助的，乐于助人也是中国人的美德，如果帮助别人还需要感恩，这样的帮助不要也罢。

别把钱财当感恩，更不要以为自己有了钱财帮助他人自己就是救世主，钱财算什么，得来容易丢失也容易，没看见哪个富翁去世能把钱财带走，他们带走的只是人世间的冷嘲热讽，甚至连亲情都没有，这样的富有者有什么名声吗？诚然，穷苦人是需要钱财帮助，可是他们也是有自尊心的，谁想用钱财来达成某某目的就是一种痴心妄想。在这里我说的是有钱人对穷苦人的帮助，有钱帮助困难户是正确的选择，可是没必要非要让人家感恩，社会变革给予你机会让有些人先富有，可不是让有些富有者胡作非为。

我记得有一个著名作家写小说获奖 10 万，她没要，全部捐给希望小学。以后这位作家再也没提此事，类似这样的帮助我觉得还是让人佩服的，更让人尊敬。与那些见钱眼开的作家相比，这个作家的境界是高尚的，值得学习，也值得我在此写文章歌颂。实际上我们的作家现在最愧疚的就是读者，他们写出的作品对不起读者，甚至没有谁为读者说话，绝大多数在喧哗取闹。不是为当官的歌功颂德，就是为富有者唱歌，老百姓流了多少汗水他们无动于衷，老百姓受了多少苦难他们无动于衷，相反他们在为自己的一部作品叫卖，互相吹捧，仿佛全世界只有他一个是真正的作家，这不是愧疚又是什么。

作家是干什么的，是写文章的，没有作品算什么作家，拿不出作品充当什么著名作家？湖南省作协给著名作家正名就是一件实事求是的事，好得很，给那些拉关系走后门当头一棒。有钱怎么样，有钱就是著名作家吗？有钱就可以充当著名作家吗？靠报刊宣传自己是著名作家的人绝大多数最后臭名昭著，谁不相信就走着瞧，文坛上数不清的著名作家最后都销声匿迹。

当然我想说的不是这事，我想说的是作家的责任感与良心，写出什么样作品给读者给社会，不要以为社会变革谁有钱谁就是胜利者，有钱没脑子的人数不清，富二代如何，在社会变革下他们不也是旗帜鲜明地倒台了吗？由此可见，有钱也没用，在公正面前，在法律面前，在人民面前，在国家面前，钱财只是一种经济基础，真正让人受教育的还是文学作品，还是作家的良心。

写到这里时，我情不自禁要提问：著名作家，你有多少良心，有多大责任感？你写出的作品对得起自己的良心吗？

让老年人的智慧来指导青年人的朝气，让青年人的朝气来支持老年人的智慧。

——斯坦尼斯拉夫斯基

世界上还有多少感恩

最近有一句话特别深入人心，世界上活着的人都死了，死了的人都活着。是啊，很多作家都想走出去，都想将自己写出的作品推向世界，可是他们不知道世界是什么样。

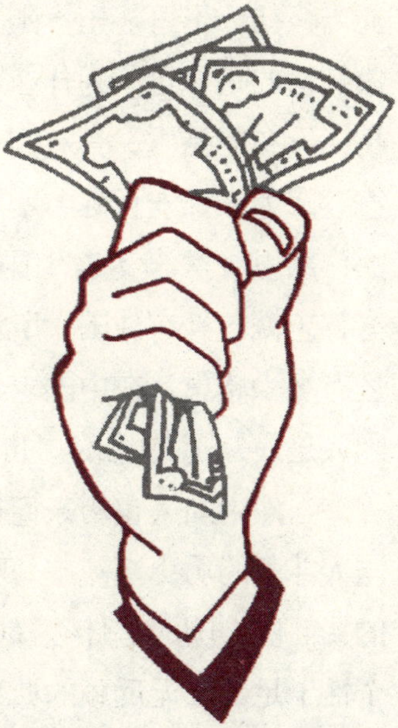

如果说世界上还有感恩的话，作家是最值得感恩的，不是作家需要感恩，而是作家最能感恩。一个作家写出什么样作品算是为读者服务？有人说自己写作时心在流血，还有人说自己写出的作品都有对社会的见解，具有真情实感。可是我想对他们说，当一个作家写出作品时没有读者，是不是还需要感恩，是不是还需要提醒自己。一个作家对读者有没有愧疚不是简单的事，更不是凭哪个人说了一两句话就可以算数，要看作家写出了什么样作品，是否真正为读者发出呐喊。

其实，一个作家写出什么并不重要，关键是他们为谁而写，这很重要。在文坛，我经常看见数不清的作者写出的文章，绝大多数是揭穿什么内幕，写一些明星私生活，实际上这些对读者没什么用，读者看后也是一时兴奋，过后没任何印象。在我看来，一个作家，不论这个作家有多大名气，有多少著作，只要他写出的作品是为老百姓表达思想感情，这个作家就很有希望。相比之下，个别作家为钱财写作，为名利写作，最后写出的作品对老百姓漠不关心，这样的作品即使是畅销书也无济于事。中国的老百姓与外国老百姓观念不一样，中国老百姓是爱国主义者，没有哪个人不爱国，哪怕他们还有各式各样私心杂念。可是在国家利益上，他们不可能充当叛徒，不可能出卖国家利益，怕就怕那些贪官污吏，他们才是出卖国家利益的马前足。为什么中国作家犯错误的少，重要的一点就是他们具有别人没有的品质，具有别人没有的思想感情。

因为来源老百姓，所以中国作家犯错误的少，懂得感恩的多。在他们的作品里经常表达着中国老百姓普遍拥有的思想感情，这些思想感情朴素，忠诚，具有外国人所没有的艺术特殊性。如果有人提出怀疑，世界上还有多少感恩，在中国老百姓中数不清，在中国作家中数不清，换言之中国人是最知道感恩的。自古以来，中国人就知道什么是感恩，什么是报答。当然中国人也历来懂得忍辱负重，历来懂得是委曲求全，否则在与外国人斗争的历史潮流中，哪能涌现数不清的内奸叛徒，哪能涌现忍气吞声的局面。中国人是什么样的人，不是好为人师，不是见异思迁，而是具有个性十足、义无反顾的典型性格。而这种典型恰巧是中国作家普遍存在的性格，一般来说，作家写作是有责任感的，然而这种责任感来自作家的良心发现，来自作家对社会的感受，这感受就是感恩。有感受的作家才能写出生动活泼的文章，有感受的作家才能写出具有历史意义的文学作品，而且这种感受绝大多数来源于灵魂感受。如果作家没有灵魂感受如何感动读者，如果读者没有感动如何产生同情进而支持作品，可见作家写出的作品与读者有密切关系。

世界上还有多少感恩，这不是我在此说长道短，实在是有些问题要弄清，如果这些问题弄不清写作就可能失去意义。其实世界上懂得感恩的人数不清，懂得感恩的作家写作也是数不清，他们随时随地都有可能写出作品，随时随地都有可能感动读者。谁是第一位谁是第二位这些都无关紧要，关键是他们如何对付眼下的困惑，如何让自己写出的作品与读者来信互动，或多或少这就是艺术品。是读者帮助作家，还是作家需要读者，这是一个是非曲直的问题，有读者才能有作家，没有读者哪能有作家？可是有多少作家这样认可？有多少作家这样写作？在以钱财为主题的日子里，作家的文章也是沾染上了铜锈味，哪个作家不想钱，哪个作家不为自己打算？当轰轰烈烈的中国社会变革来临时，当所有的潮流涌现时，有多少作家挺身而出，有多少作家写出惊天动地的文学作品？

最近有一句话特别深入人心，世界上活着的人都死了，死了的人都活着。是啊，很多作家都想走出去，都想将自己写出的作品推向世界，可是他们不知道世界是什么样。比如英国，他们近两年才知道鲁迅是谁，一百多年了，鲁迅他们才知道，其他作家又是如何。由此可见，中国作家走向世界还需要时间，还需要全世界了解情况，否则走出去只是空中楼阁。数不清的作家都想出去，可是他们连自己的所在地都走不出去，何谈走向全世界，更何谈将自己写出的作品推向全世界。其实不然，走不出去没什么，作家照样感恩，照样写作，只不过要想写出的作品充满中国味道，充满乡土味道，或多或少这又是一种创新。

>>>

青年人对于社会的要求也高，失望也快，却很少注意到，一个成功的中年人或老年人的背后，往往有着许多辛酸血泪的故事。这尚不够，那份持续的认真与努力，也是一个成功者必然的付出。这以上说得又不完全，智慧才是一个人成功最大的条件之一，缺了它，什么也不成。

——三毛

记住他人对自己的好

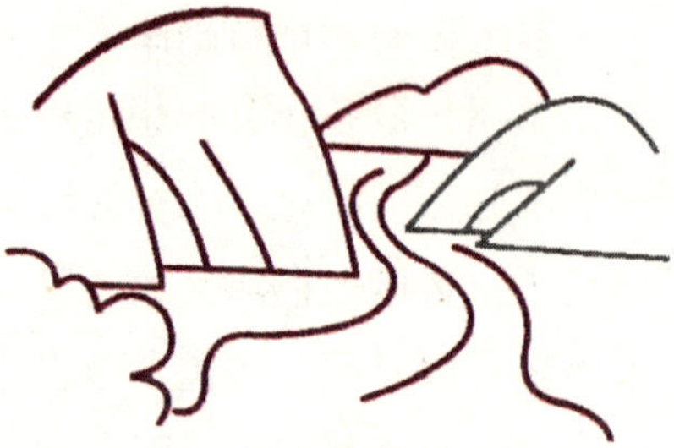

曾几何时，我也在思索，我对他人愧疚吗？他人对我愧疚吗？我不知道他人如何看，可是我知道自己如何看，他人能帮助自己说明他人境界高，或多或少就是我的愧疚。

小时候，我的外祖母经常对我说，不管发生什么事，也要记住别人对你的好，这是做人的本分。长大后我经常想着外祖母的话，不论与什么样的人相处心里都有感恩的想法，哪怕他们对我并不好也心甘情愿听之任之。

其实我之所以这样，跟外祖母教育有关系，也跟我忍辱负重有关系，在一些事上我是最能忍辱负重的，哪怕吃亏吃苦头我也是如此。当然我也有愤怒的时候，也有怒发冲冠的时候，只不过当忍辱负重积累多时我的愤怒就暴发了，与此同时，我会将自己多年积蓄的愤怒朝对方倾泻，让他们无地自容。每每此时，我心里都有一种愉快，有一种扬眉吐气的感觉。

当一个作家写出一篇文章时，首当其冲是要了解情况，知道现在社会上的人在干什么，在想什么，否则怎能了解情况写出作品。我要说的依然是美学，几乎所有艺术品都有它的存在。可是至今没有几个中国人知道美学是什么，更没有人研究美学，虽然有很多人在说美学，在议论美学，可是真正研究者寥若晨星。黑格尔的《美学》中国人有多少知道的，连外国人都不知道，中国人能知道吗？可是我知道，研究《美学》我有20年经验，只是写作耽误了研究，我研究它就是因为美学对艺术有影响。我记住了他人的研究成果，记住了他人对艺术的好，于是也记住了他人对自己的好。由此可见，生活如此，艺术也如此。

读书是记住前人的东西，写作是把自己的成果贡献人类，或多或少这就是一种才华。我经常阅读名家写出的作品，发现他们都有一个共同的特点，这就是他们都有各式各样的不同经历，而且每一个的经历都有一段苦难。

真是苦水里泡大的才华，苦难里成长的作家，读他们写出的书心明眼亮，有时又是心甘情愿浪费自己的时间去阅读，分析他们的成长经历。在阅读中发现他们也是有愧疚的，对家庭的愧疚，对亲人的愧疚，对学校的愧疚，对朋友们的愧疚。各式各样的愧疚，真正愧疚的只有他们自己，我不知道当初他们写出文章时是什么样心情，可是我能猜测他们写出愧疚也是没办法的办法。一个作家的光阴能有多少，如水一样的岁月又有多少，小青年变成老青年，一辈子就算过去了。想来，除了愧疚还有什么？

文学是写心的事业，有多少人写心，有多少人写出诚心诚意，几乎没有，偶尔有之也是偶然性。其实写出心的态度是容易的，只要记住他们对自己的好，对自己的帮助和照顾肯定能写出没有愧疚的文学作品，可是这种概率能有多少呢？一年一年过去，一年一年又来，写作的人寥若晨星，写出的作品也是寥若晨星，难道中国文坛真的没有能工巧匠，真的写出的作品只是消极的？

其实写出一篇优秀作品并不难，难的是一成不变都写出优秀作品，如果说愧疚这才是真正的愧疚，此外没有其他说法。记住他人对自己的好，一是记住他人对自己的帮助，二是记住他人始终关心自己，有了这些还需要其他吗？曾几何时，我也在思索，我对他人愧疚吗？他人对我愧疚吗？我不知道他人如何看，可是我知道自己如何看，他人能帮助自己说明他人境界高，或多或少就是我的愧疚。

其实我的愧疚不是很多，只不过与写作相比，愧疚只占一小部分，真正让我心安理得的还是我的努力。在我的人生中，我并不欠谁什么，一不欠钱，二不欠情，三不欠生活。我的为人处世就是有一说一，有二说二，没有不说或少说。如果说得多就是我在写作中尽可能说得多一些，有的也说，没有的也说，我想在作品中多说一些，让我写出的文章尽善尽美。可是有时我在字里行间仍旧存在一些个人看法，仍旧存在对社会公德的担忧，有了这些乱七八糟的想法我能不担忧吗？能不愧疚吗？然而也有例外，越是愧疚越是担忧，越是担忧越是愧疚，这种恶性循环让我随时随地都有不安，于是想方设法记住他人对自己的好。

身体的有力和美是青年的好处，至于智慧的美则是老年所特有的财产。

——德谟克里特

文学必须干预生活

文学干预生活要特别干预那些代表绝大多数人的普通情感，代表国家最高利益，这样写出的作品才能真正干预生活，干预社会。

现在的中国文学，包括世界文学，并没有起到文学的真正作用，甚至连文学干预生活的效果也没有，这样的文学怎能与过去的文学相提并论，这样的文学怎能与艺术相提并论。不是我在这里说长道短，文学的确没有起到什么作用，如果说改革开放前文学还需要的话，改革开放后文学已经不需要了，所有人似乎都在强调搞活经济，结果文学与读者分道扬镳。现在我想提醒读者，作家能否将文学的作用再掀起来，能否将读者的心灵引领到小说散文诗歌中，可能还需要一个相当长的时期。

为什么以前读者对小说如此忠诚，现在对小说如此遥远，是什么样原因让读者离开小说，离开散文，离开诗歌呢？我觉得读者离开小说，离开诗歌，离开散文并不完全正确，起码有些偏见。首先说是网络，只要上网小说数不清，读都读不过来，怎能说离开小说呢？还有那些博客，很多作者写出的散文诗歌并不比真正作家写出的作品差多少，他们或她们也是有水平的。

如果说离开，只是书籍多了，网络多了，加上网络各式各样的写作方式，各式各样的文学潮流，什么类型都出现了。这时的文学显得天花乱坠，读者也是五彩缤纷，没有谁离开文学，没有谁离开网络，如果说离开他们只不过是离开书本与网络更近了。问题是，网络提出问题多，尖锐，小说里提出问题少了，避重就轻，有时电视里都有的尖锐问题在小说里反映不出。过去是文学干预生活，现在是生活干预文学，有权的限制文学，有钱的出版文学，连普通作者都有条件自我炒作。文学到了这一步让人吃惊。

有一个朋友对我说，他们县城有一多半是从农村上来的干部，每天在县委上下班如同在农村生产队一样，想干什么也干不成，而且他们拉关系走后门。听了朋友的话我笑逐颜开，说实话这种感觉我也有，而且早在多年以前我就有，我与他们的差距足足差了20多年，想不到他们现在才明白，而我已经在以前就明确了。人世间有些事是不以成败论英雄的，你有钱财如何，有权力如何，我照样看不起。我在这里这样说是想提醒作家朋友们，要勇于担负责任，让文学干预生活，干预权力，干预社会，否则要文学干什么。

文学干预生活是伴随权力实现的，可是有的作家没有权力还能干预生活吗？是权力在干涉文学，还是文学干涉权力，这是一个复杂的问题。为什么现阶段权力能干预生活，甚至干预作家，这就是眼下的人想方设法赚钱，他们或她们心里已经没有国家没有人民利益了，因此在责任心上就会涌现私心杂念。

最近我听说哪个地区有文件，说是不能出版官场文学了，理由是官场文学揭露的是黑暗，可是我觉得这是一个谣言。实际上哪个领导能干预文学作品呢？哪个领导者能干涉文学呢？说白了，能干涉文学的人是愚蠢的人，而愚蠢的人能干什么呢？无非是贪官污吏，或贪得无厌，或贪赃枉法，此外别无他说。可能有人有权了，不愿意让人提起过去的缺点和错误，甚至哪怕丝毫问题也不愿意提起。一个人一旦有名了，更不想被人提过去的日子，什么吃苦头，受累都不愿意被提起，加上个别包装更不想被揭穿，于是心甘情愿隐藏自己过去的经历。然而往事是什么样不是个人决定的，有时也不是哪个人决定的，世界上什么事都有改进的可能性，只有经历不能改，哪怕他们很有权很有钱。现在的社会变革下，羡慕妒忌恨的人数不清，面对有钱有权恨不得吃了他们。你以为你是谁？有钱就可以改变世界吗？有权就能改变他人的思想感情吗？实际上绝对不可能，即使有也是少数，绝大多数不可能支持这类观点。如果社会上有这类现象，说明社会关系复杂，社会公德下降，还有可能就是文化教育接近崩溃边缘。如果不是接近崩溃边缘，怎能以权干涉文学，以权干涉社会呢？其实我想说的是，任何社会关系在文学面前都会无能为力，哪怕他们有所干涉。权力不能干涉文学，最大的问题是权力干涉不了文学，有时还需要被文学所干涉。

如果说有人为了赚钱黑了心肝，难道作家的心也是黑的吗？我不想对作家说长道短，可是现在的作家就是让人说长道短，哪个作家不想钱，哪个作家做事不想赚钱，不赚钱的作家几乎是没有的。可是有多少作家赚不到钱？有多少作家因为赚不到钱被嘲笑，被欺负？不是我对作家有看法，是这个时代对作家有了新认识，作家如何写出受读者欢迎的作品已经是迫在眉睫的事了，还需要我说长道短吗？我想说的是，作家要知足，要感恩，存在这个世界上连起码的感恩都没有，这个作家是否有些得过且过？

综观文学史，越是经济基础好的地区越是缺少文学，越是贫穷的年月文学越是繁荣，可能这就是文学的艺术特性。外国如此，中国也是一样，在中国的文坛上，有数不清的道路供人选择，当年没有钱财的文化馆能拿来钱财扶持业余作者，而现在有了钱财的企业却不能拿钱财办报刊，这就是一种文学观念。是钱财重要，还是文学重要，是教育人重要，还是得过且过重要，很多人都会说教育人重要，可是让他们拿来钱财时他们就摇晃着脑袋躲避了，如果说文学干预生活他们更是望而却步。可贵的是，不论历史潮流如何奔腾，总是有一些人适应形势，他们在文学的田野奋勇当先，努力将一片田园变为精神的绿色。

在这里我要说，文学必须干预生活，尤其是现阶段的中国现实还需要文学干预，可是如何干预生活这又是学问。作家的人生与普通百姓有时还需要拔高一些，责任感或肩膀上的担子都有，哪怕这个作家是没权力没钱财的人也是有责任感的，这个责任感就是干预生活，干预社会。有人说我自己都顾不过来哪能帮助他人，哪能担负责任。实际上责任感是由人生组成的，有什么样人生就有什么样责任感，爱国主义的心永远是火热的，这就是具有先进性的作家拥有的责任感。其实人生的残酷不仅是社会的压力，还有生命自身的压力，这些压力造成人生有数不清的矛盾和问题，当适应不了时就会涌现病菌，于是对社会不满变成对人生的不满，对生命的不满，这是最需要警惕的。文学干预生活要特别干预那些代表绝大多数人的普通情感，代表国家最高利益，这样写出的作品才能真正干预生活，干预社会。

为了中华民族的繁荣富强，我要献出全部学识智慧。

—— 钱伟长

桃花痴痴笑

他曾说过他想当将军，想在战场上冲锋陷阵，可是全世界有很多战场，唯独没有中国战场，他的将军梦破碎。他复员时告诉我他就是这桃树，只能靠自己修剪了，至于长成什么样已经用不着修剪了……

不知为什么，每当我想起电视剧《三国演义》桃园三结义的歌词时，我忽然想到了我的部队驻地有一片桃树，每年桃花开放时我都有文章写出，于是桃花成了我的一种情感宣告。有一次，我拿来剪刀为桃树修理，看见有的桃树姿势不是很好，于是我狠心剪掉了。战友嘲笑你这样剪是不行的，树长什么样就是什么样，靠剪是不行的。可是我不相信，非剪不可。

果然，剪后的桃花开放少了，战友冷嘲热讽说我这个修理工当得不是很好，他们决定明年不让我剪修了。我不服气，与他们争执，而且我用修理工的理论与他们争执，可是他们不听，非要批评我不可。战友多，他们如桃花一样对付我，而且痴痴笑着，这时我才恍然大悟人是不能犯错误的，如果犯错误就会被人嘲笑。然而事出有因，渐渐地我发现他们不说了，也不冷嘲热讽了，原来经过修剪后的桃花少了，果子大了，而且个个结实饱满。

每年的桃花多，果子少而小，今年例外，于是战友夸我修理工当得好。其实我修剪桃树的技艺是跟一个老兵学的，他曾经上过前线，自卫反击战时受了伤。他们原以为上战场就能立功，谁知他功没立上，身体却残了。他曾说过他想当将军，想在战场上冲锋陷阵，可是全世界有很多战场，唯独没有中国战场，他的将军梦破碎。他复员时告诉我他就是这桃树，只能靠自己修理了，至于长成什么样已经用不着修剪了……

我很理解老兵，我只轻松获取一份报文就能获奖，而他们身体残了也没办法获奖。人的运气有时不是命，而是分工，人世间有数不清的事不是命，而是分工。细节的分工给予人各式各样机会，老兵如此，我也如此。

读书，这个我们习以为常的平凡过程，实际上是人们心灵和上下古今一切民族的伟大智慧相结合的过程。

——高尔基

后 记

不知不觉，这部散文集写完了，这是 2011 年最后一部散文集，也是我第 15 部散文集。在这一年里出版了几部散文集，还有几部长篇小说，真正是创作大丰收。当我就要完成今年内最后一部散文集时，忽然想到应当为这部散文集写点什么。写什么呢？是写出版的喜悦，还是写创作的辛苦，或多或少都有一些。我越来越发现散文很适合我，随时随地都能将我的感受表达出来，也许这就是文学的感受。不是我不喜欢小说，我是说小说写出的是情节，散文写出的是感受，小说是虚构的感受，散文是生活中真实的感受。多少年来我始终不渝坚信自己写出的作品是虚构的，可是写了这些年后渐渐感到散文不是小说，散文有真实的一面。尤其是散文可以写出自己的思想，写出自己的感情，写出自己的灵魂，写出心里最隐蔽的秘密，可惜我写出这些作品后才懂得，只是懂得太晚了。写了几十年才有点滴经验，认识到自己的不足，我开始夜以继日写散文集，以此达到多部成果，这也是我的一个收获。有一阵子，我几乎每天都要写出几千字，为的就是完成出版社约稿，同时也是表达自己对文学的态度。写了几十年，我想自己也应当有成果了，这就是写出作品，再写出作品。

长期以来我有一个感受，写散文让我心静，有时很烦琐的事在散文面前我还能静静思索，认真写作。比如有人曾经多次提出你怎么不赚钱啊，你看 XX 写出一部小说赚了多少钱，你写散文为什么不赚钱啊，你怎么不写电视剧本赚钱啊？他说得没错，提出了问题的关键，可是写散文就应当赚钱吗？写作就是为赚钱吗？当初我写作时并没想赚钱，如果想赚钱凭我的聪明才智我会赚到百万，可是我没赚，心甘情愿写作着，心甘情愿清苦着。何况现阶段文学已经没有多少出路了，如果还靠文学赚钱头脑不是有病吗？其实我写出散文并不思索，一气呵成的散文我每天都在写，只要心里有感受我就有可能写出来，而且写得气势磅礴，写得理所当然，即使心里没有故事也可能会编出来，类似写小说一样。只不过我的这种写作是最贴近心灵的，最贴近生活的，也是最贴近社会的，更贴近我们现在的文化环境。

近两年，散文越来越不好写的原因就是缺少思想感情，缺少心灵体验，更缺少社会实践。然而小说也是如此，越写越不被读者看好，越写越让读者感到困惑，文学还有用吗？难怪有人说文学是失败的艺术，越写越失败，越写精品越少，越写想象力越匮乏。文学实际上就是写生活的艺术，在写生活的同时融入自己的思想，注入感情，同时也加入技巧。在文学创作上我有三个敢比：一是敢与同事比高低，看谁的文化教育好，人品素质高，看谁不犯错误，对国家有贡献。二是敢与领导比高低，看谁能搞活经济，真正做到为民所为，改变所在地面貌。三是敢与名家比高低，看谁写得好，写得巧，写得多，看谁能当大作家。不要以为百姓小，其实什么样的伟大人物都在百姓中，我是希望这三个敢比有发展。然而，现阶段的环境不是这样，有些组织已经成为一种个人关系的小圈子，我的三个敢比变成三个不敢比，这其中的变化显而易见。在我的文学创作中，写山与写父亲永远是我创作的主题，也是我生命的主动脉，没有父亲没有文学，没有文学哪能有创作，哪能有现在的成绩单。然而人的一生能写出多少书呢？这也是未知数，写作不仅要有心灵呓语，也要言之有物，只有如此作家才能进步，文学才有发展。我经常思索，我这一辈子就要过去了，剩余时间干什么，是为过去的岁月讨价还价，还是为未来的岁月继续努力，每一个人都要面对这样的问题。我想还是继续努力写作最好，写散文要上进，作家要上进，读者也要上进，只有上进了社会才有发展，只有上进了社会变革才能顺利。很多人都说我有才，都说我适合写作，既然如此不如就继续写作，这也是为国家做贡献的一种形式，写出数不清的作品不是更好吗？

曹　秀

2011年10月1日